정원사를 바로 아세요

정원사를 바로 아세요

정지우 시집

민음의 시 246

민음사

내게 도래한 낱말을 모아
징검돌을 만들어 당신을 건넜다.
부족해서 사라진 입술을
귓속에서 꺼내 첫 소리를 물려주고
서른여섯 개의 나와 오늘을 나눠 가졌다.

2018년 4월
정지우

차 례

1부

프로크루스테스의 침대   13

나선형 계간   15

늑대와 양   16

가까운 자매   18

벙어리장갑   20

9와 4분의 3 승강장   22

정원사를 바로 아세요   24

일곱 겹의 입술   26

대피하는 요령   28

mouthbreeder   30

오늘의 의상   32

새   34

불통을 어루만지다   36

스테인드글라스   38

날뛰는 면   40

2부

나를 밟아라   43

월식   45

걱정인형   46

캐치볼 구어체   48

청어의 눈으로 싸리나무 꽃피고   50

회문   52

등고선의 편견   54

너는 없니?   56

초콜릿 계급   58

단초   60

우스꽝스러운 빨강   62

무릎의 지평선   64

하울링   66

도도새 퇴화설   68

앞사람은 비키지 않는다   70

꽃들의 시차   72

지평선 꼬리   74

3부

납작한 모자   79

0을 굴리면   81

마의 구간   84

새의 겨울   86

찢어진 책   88

평발의 안부   90

손금의 판화   92

영역을 밟았기 때문이다   94

물방울의 회화   96

내일의 반경   98

의심 다섯 마리와 증거 한 마리   100

상냥한 답가   102

발소리를 포장하는 법   104

외운 가사 중얼거리듯   106

등 뒤에서   108

북회귀선   110

휘어진 음계   112

공중극   114

사랑스러운 피오르드   116

무거운 비   118

펭귄의 기후   119

작품 해설 | 강정

나무의 잔기침, 혹은 손금 흐르는 소리   121

1부

프로크루스테스의 침대

키를 늘이는 침대

밤이 긴 나라에서 만들어진 침대를 딸은 선호했다. 침대 밖으로 나간 팔과 다리는 낮의 알갱이를 숨기고 돌아왔다. 침대보를 갈아치울 때마다 미성숙이 얼굴을 덮고 떠나갔다. 눈과 귀가 없는 성장이 간혹 끼어들었지만 펑크풍의 습관은 몸 밖으로 이어지고 흐느끼는 꿈을 뒤척일 때 침대는 지붕을 뚫곤 했다. 몽롱한 잠과 키를 따라가고 있는 침대에 심장만 커지는 새가 있었다. 악몽의 걸음걸이는 누워서도 재단이 되었다. 꿈은 매일 침대 위로 돌아와 거인의 신발을 신기고 키를 재고 너와 바꿨다.

키를 줄이는 침대

바닥은 너무 높다. 자꾸 줄어드는 키는 고딕풍 잠을 청한다. 안개가 깔린 시간에 대해 침대는 콘솔 의자와 소곤거릴 뿐, 잘려 나간 길이는 가끔 시트 밑에서 발목을 들고 나오곤 했다. 안전하게 돌보겠다던 침대는, 유언으로 남긴

책을 보관하겠다던 침대는, 고양이처럼 몸을 말고 있는 나를 규격에 맞춰 재단했다. 시트에 들어가 버린 토막 잠이 기린 변장술로 찾아와 나이를 얹어 주고 키를 훔쳐 갔다. 잘린 발톱은 사라져 버린 키를 따라 침대 속 세상에 갇혀 있을 것이다. 길어진 치맛자락을 잘라 모자와 가방을 만들었다. 모자가 모자를 쓰고 키를 속였지만 침대는 음흉한 메스를 들고 삐걱거리는 길이를 자르고 웅크린 자세와 밤마다 교합했다.

나선형 계단

이 사건의 모양은 미로의 벽을 더듬어 가듯 어둡고 비스듬하고 어눌하다.

출구가 막힌 목격의 입구엔 접힌 말과 흘린 침이 고여 있다. 끈적끈적하고 미끄러운 곳. 입을 다물었는데 자꾸만 벌어졌다. 미궁을 의심해야 한다. 턱 너머, 드러나고 엇나가고 돋아나서 흐린 바닥도 흘러내린다.

이럴 수가, 빠진 턱 속에서 난간의 이목구비가 나타난다.

비명이 몰린 뼈를 만진다. 뼈가 빠져나간 살을 만진다. 흐느적거리던 뼈가 도망친다. 없는 밤과 낮이 목구멍을 틀어막는다. 아들이 아버지를 제자가 스승을 윗집이 아랫집을 망설임도 없이 온기를 도륙한다. 붕괴해서 덮쳐 오는 공포는 혀가 더듬는 뼈의 안쪽, 백 년이 와르르 무너져 내린다.

이 실체는 피도 눈물도 없어서 천 길 낭떠러지다.

트럭에 치인 새를 품고 죽어 가던 계단, 벌어져서 다물어지지 않는 계단.

늑대와 양

목동은 한 마리 욕으로 쓰던 늑대와
억울한 감정으로 쓰던 양을 팔러 갑니다.

상자에 들어가지 못한 늑대 같은 양을
체면 위에서 내려오지 못한 양 같은 늑대를

그러니까 한 장소로 양과 늑대를 끌고 갈 수는 없는 일
입니다.

군데군데 양과 늑대가 앉아 있습니다.
어디까지 가십니까? 양은 늑대처럼 다가와 눈치를 봅
니다.
늑대는 송곳니를 드러내며 양처럼 상냥합니다.
그렇군요. 저와 같은 곳을 가는군요.

가시떨기나무 아래를 지나며 양이 피를 흘리며 내립니다.
오르막을 오른 뒤 늑대가 기차의 문에 머리를 박습니다.
아직 내리지 않은 양과 늑대에게 묻습니다.
분노와 용서는 한 좌석에 앉을 수 있습니까?

하나 남은 빈자리에 앉아도 될까요?
양을 안고 앉든지
늑대를 안고 앉든지 자신의 얼굴을 잊고
매매 울거나 컹컹 짖어야 합니다.

목동은 흰 털을 깎으며 어둠을 구별합니다.
늑대는 제 속으로 오는 양을 보면서
난생처음 노을을 봅니다.
가지런히 빗은 욕설과 꼬불꼬불 엉킨 억울한 계절이
창문을 흘러갑니다.

몇 번째 양을 사시겠어요?
몇 년째 구름을 말하는 늑대를 찾고 있습니다.
양을 쫓아가면서 늑대에게 쫓기는 중입니다.

가까운 자매

감정은 그림자보다 한 박자 느리네. 움직이는 동작을 알아채는 시차. 친밀한 자매의 거리는 착각이라고 할까. 나는 누구보다 그림자 자매를 좋아했네. 은행나무 잎사귀로 환하게 열리고 닫히는 하숙집을 드나들었네.

너무나 닮았다는 비밀은 후생의 시간. 어디를 돌아가도 익숙한 주위를 만들겠네. 그림자는 누구보다 나를 반겼네. 눈 감으면 황홀하게 겹쳐지는 저녁의 청력. 담벼락에 기대어 잠보다 더 깊숙한 사랑을 배웠네.

외모가 있는 자매와 외모가 없는 자매
나는 누구에게 귀 기울여 속삭여 주어야 하나.

얼굴 위로 소복이 쌓이는 눈[雪]
환생을 더듬는 일엔 혼동하는 이역(異域)이 있다네.

하루는 언니 하루는 동생을 그리워하는 외로운 사정(射精)은 고통이라는 별자리. 닮는 쪽을 향해 저무는 잔혹을 가볍게 문질러 문 앞에 걸면 하얗게 뒤덮여 오는 그림자.

늙지 않아서 쓸쓸한 애인. 언제나 둘을 바라보는 슬픔이
있다네.

가까운 자매는 얼굴 하나를 같이 썼다네.

벙어리장갑

어깨를 가로지르는 줄은 어디서부터 풀리는 당신과 나입니까. 빈손에 나를 안고 있다는 착각은 따뜻한 모양입니다. 나와 한 켤레의 당신은 동상에 걸려 있습니다. 손에 장갑을 끼우듯 얼어붙은 손을 다른 몸이 녹입니다.

겨울 바람에 속은 귀는 빨간 물음표를 갖습니다. 입김에도 녹아 사라지는 손가락은 누군가로부터 풀리는 폭설입니까. 닳은 손에서 까맣게 구워진 얼굴이 나오고 두 팔로 움켜쥔 냉기가 흘러내립니다.

비집고 들어갈 몸이 없다는 기억은 몸속에서 꺼낸 주먹을 둘 데가 없다는 것. 녹아내리는 주먹이 입을 틀어막고는 눈사람을 만들 수 없다는 걸 이해하기까지 온기는 어느 쪽을 돌아가는 주머니입니까. 손가락을 잃은 주머니에서 눈물은 촉감의 표시입니까.

손가락질로 눈사람의 검은 입을 만들어 주었습니다. 겨울의 경멸은 어디에나 있습니다. 결빙을 잡아당기면 목을 조를 수도, 그네를 만들 수도 있는 장갑은 어디에나 있습니다.

당신과 나를 굴려서 만든, 입속에서 폭설이 쏟아집니다. 차가운 침묵이 하얗게 입술을 지웁니다. 봄을 가로지르며 돋아나는 푸른 손가락은 누구의 겨울이었습니까.

9와 4분의 3 승강장

선풍기를 틀어 놓고 외출했다 돌아온 저녁, 그림 속 여자가 머리끝을 흩날리고 있었다.

아나운서는 지하철에 뛰어든 사람을 담담하게 보도했다. 목격만 있는 그 사람도 승강장을 찾고 있었는지 추락은 한 발자국 들어가 있었다. 들어간 만큼 뒤로 밀려나오는 핏자국이 다음 역으로 가는 제의처럼 집 안을 가득 채워 갈 때

열려 있는 새를 운명으로 보는 날이 있을 것이다.

벽 속에 들어간 것을 아무도 본 일이 없지만 흔적은 선(先)에 없고 반질반질한 혹은 조금 들어간 후(後)에 있다.

그는 다니던 학교에서 마법을 배우려 했을까. 불가능한 일을 가능하게 만드는 세계에서 벽을 밀고 또 밀면 자라나는 방들, 빗자루를 타고 꽁지에서 추진력을 얻으려 했는지도 모른다.

왜 기차 첫머리를 향해 뛰어드는지 한 번도 선두를 유지

해 본 일이 없는, 어쩌면 너무 멀리 간 선두를 만난 건 아닌지 앞서간 사람 뒤를 보고 있다가

　열차가 지나가자 나는 움찔 뒤로 물러선다. 분명 몇 사람이 열고 들어간, 그림 밖으로 머리카락이 날리는 역을 지난다. 이동과 소멸은 후미에 있다는 듯 선로 맨 끝에 누워 있는 세상을 향해 바람이 분다.

정원사를 바로 아세요

나무에 들었던 밤 꽃송이로 피어나듯
정원의 길들은 씨앗을 뿌리며 돋아나지요
최초의 정원사는 육종을 개량하는 이가 아니었을까
나무에도 관상이 있고 지붕의 온순한 풍습을 물려받은
가위로부터 수형은 시작되고

시기(猜忌)를 관리하는 정원사에겐 두 갈래 길이 있지요
식용에 간략해지는 종류들
동물을 흉내 내며 자꾸만 잘려 나간 나뭇가지에도 접붙
인 방향이 있었던 것
뿌리를 벗어나려는 잎들 사이
정원사나 나무나 선택을 두고 미로를 겪기도 하지

높이를 단층에 맞추는 일은
흩어질 구름을 동일하게 씌워 주고 손이 흔드는 배경을
열 개로 만드는 것
한 번은 떠나고 한 번은 돌아오는 것에서
객의 수종이 완성되는지도 모르지
나뭇가지가 터무니없이 구부러지지 않은 것을 보면

오직 한 방향을 두 생각이 걸어가는 것이지요

새로운 꽃말은 두 그루에서 유래했을 거예요
피목엔 안목이
길을 잃고 정처 없이 떠돌다가 남풍을 품고 돌아올 때
비로소 나무가 되지요
잘생긴 관상은
젊은 봄으로 되돌아가는 길을 알려 주고
고개를 끄덕이게 했기 때문이래요

한 씨앗에서 방들이 열리지요
아름다운 이복형제를 관리하는 정원사를 바로 아세요

일곱 겹의 입술

입술이 취하는 양파 주점,* 눈이 매운 술안주가 있다

부딪치며 탁자 사이를 지나 주량을 잰다

흐린 음주엔 옆 좌석에 슬쩍 끼어드는 술병도 있지만 아주 얇은 껍질 몇 개만 있어도 감흥에 젖을 수 있다

외투를 벗거나 안경을 한 꺼풀 벗어 놓은 빈자리들
손등으로 땀을 닦는 일은 주정의 관계여서 때로는 흩어지는 인상

홍당무가 되어도 흥이 없는 당신은 저녁의 옆구리

얼굴 한잔 속에 털어 넣는 얼굴
절망은 분노는 순간을 잊은 얼굴

끝이 없는 계단과 모서리가 있는 시간

술잔에 찍힌 입술이 눈물을 흘린다

일곱 겹 입술의 말에는 눈물이 있다

눈이 매운 건 좌석 배치도 때문일까 양파가 주재료인 메뉴 때문일까

둥근 접시에 비친 요일엔 빨간 망에 든 양파가 배달된다
흰 거품의 당신을 흔들면
술과 양파를 곁들인 오늘이 접시 위에서 붉다

* 귄터 그라스, 『양철북』.

대피하는 요령

울고 있는 아이
누군가를 잃었을 때는 제자리에 있어라
빛을 모으듯 네 울음 속에 서 있어라

무너질 것 같은 건물은
외부로 통로가 열리지 않으니
최후의 명령이 도착할 때까지

눈물 속에 그대로 있어라
출구는 위험하다

약속은 먼저 꺼낸 사람의 입에 갇히는 것
배운다는 건 그대로 물려받는 유물 같은 것

불안은 첫 번째 길
여러 갈래로 흩어지는 두려움을 누르고
안을 붙든 채 밖을 기다린다

버리는 요령처럼

제자리에 그대로 멈춰 있었지만
그 누구도 찾아오지 않았다는 건
애초에 잃어버릴 것을 갖고 있지 않았다는 것

바깥의 소란을 지워야 안이 보이고,
안이 견고해야 보이는 출구를
우리 내부에 건설해야 한다

그러므로 우리가 잃어버린 처음은
되풀이되지 않아야 한다

mouthbreeder

너를 위해서
타이른다
질문한다
대답한다

맹목적인 수동적인
침대와 책상과 다이어리는 온순한 입에 걸린 허공의 말
이다

물어뜯는 손톱은
어느 별의 낱말인가
웅크린 아이는 구석으로 돌아와 지구본을 돌린다
계단 같은 입술을 달싹이지만
착하지
착하지
이곳에서 세계는 새로워지니까

책을 펼치면 셔벗처럼
글자로 흘러내리는 아이는

눈초리가 키우는 입의 눈치들
어니서부터 생각은 말보다 먼저 꿈을 꾸게 되나
친구를 사귀고 오후 시간을 엄마에게 물어보는
자세는 물려받는 걸까

너를 잘 키우고 싶어서
낳았으면서 또 낳고 낳는 엄마들

일흔이 넘어도
오른쪽이 없는 벽
왼쪽이 없는 벽을 더듬으며 여기는 어디인가
입을 떠나 난간을 붙드는 뼈는 불안하다

너를 위해 교훈적으로 감정적으로
엄마들은 입을 비워 둔다

오늘의 의상

느티나무 그늘이 무더위에 끌리고 있다
팔랑거리는 양 떼를 데리고
계절 속으로 입성하려면 가벼운 체위는 가리고 고딕의
시대를 지나야 한다

폭염은 언덕에 한낮으로 누워 있다

구름을 미사포로 쓰고 그늘을 숙이던 오후는 초록의 전
례를 들려주더니
밀빵을 혀에 얹고 한동안 입들은 닫혀 있을 것이다
종탑에는 귀머거리 새가
종소리를 둥지로 삼아 살고 있다

회색을 입고 묵상에 잠긴 성전엔 돌기둥을 돌던 저녁이
의복을 걸치고 있다.

천장을 높이던 요일엔 검은 머리카락을 버리고 히브리어
를 닮은 숟가락을 들고 점심을 먹는다
오늘의 드레스 코드는 디저트가 없는

테이블보가 흘러내리며 그은 성호
중세의 햇빛이 스테인드글라스로 들어오는 창문
귀가 잘린 무늬에선
단풍잎 맛이 나는 오래된 말들이 달그락거린다

촛대처럼 나무가 자꾸 떨어뜨리는 중얼거림들
대신 읊고 가는 가을 울음소리가 스르르 바닥을 깁고
계단 혹은 의자로 배치되어 있는 한철을
양치기 소년이 지나고 있다

새

바닥 이음새가 보인다
밑창이 반쯤 떨어진 남자가 걷는 걸음

박음질이 풀어진 골목
벌어진 바닥이 남자를 삼키려 아가리를 벌린다

덥석, 물었다 놓는 지갑

모퉁이를 괴고 있는 돌
대문을 빠져나오는 팔목
담벼락을 오르는 혀로

날개를 퍼덕일 때마다 허공은 닫혔다 열린다

밑변을 딛고 오르는 경사는 지폐가 다시 들어갈 희망
처음 희망이 날아가 버린 악어 주둥이에 새가 산다

평지에서는 날 수 없다
구두는 모욕을 물고 날아갈 수 있다

부리처럼 벌어지는 틈
시내는 틈틈이라는
새를 키운다

구두끈을 묶는 것처럼
높은 곳을 오를수록 부력은 생긴다

한 치의 지상도 날아오르지 못하는 이유를 묻는다면
끼니는 늘 바닥에 있으므로
열린 부리는 하강한다

불통을 어루만지다

곱슬머리의 해석은 흘러내리는 방식, 양의 울음과 황소의 뿔로 저녁을 넘어가야 한다
벽에서 태어난 이 독보(獨步)는 문이 없다

돌돌 말려나오는 모습이 꼭 웅크렸던 흔적이다
그렇다지만 적당히 예열하면 우리도 곱슬거리는 고집을 얻을 수 있다
끌고 가는 힘과 버티는 간극에도 온도는 필요하니까

겨울을 뚫고 나온 봄은 고집이 세다
구불구불한 힘은 꺾이거나 부러지지 않고 흘러내리지
고집이 옆에 없어서 외롭습니까
옆에 놓인 충고는 구길 필요가 없고 바람은 그 첫 번째 관용어로 속담이 되지
계단은 집안의 구름입니까
기차를 닮아 가고 있는
옹고집에도 친밀한 설화가 전해 오고 흘러든 계약의 부족은 앉은 자리에 풀이 돋지 않았다지
불통(不通)을 어루만지는 오빠의 청춘에도

엉킨 증상이 몰려 있지
아침마다 일직선으로 펴지만 길이는 똑같지

돌아보지 않고 넝쿨 줄기는 올라간다
고집은 마주보는 구조, 흐르는 방향을 완성하는 파마 같
은 물살
봄 기온으로 구불구불 물소리가 흘러간다
자꾸만 머릿속에서 흘러나오는
어깨에서 잘려 나간 양의 울음 혹은 황소의 뿔

스테인드글라스

외출은 거추장스러운 매듭을 묶었다.
뒷모습에 묶여 있는 차갑고 부드러운 부탁
아버지가 다스리는 거실의 법칙은
풀리지 않은 매듭 그대로 돌아오는 것.
치마 속 세계에서 길을 잃지 않아야 했다.

아버지의 영토는 넓어서 유리창에
장미 울타리를 심고 하얀 비둘기를 키웠다.
지평선보다 먼 새를 속일 수 있을까.
새의 혀에 거짓 노래를
물려주고 창으로 돌려보냈다.
마녀가 화형당한 광장엔 산책 가지 말라는
당부를 오후의 햇살로 비추곤 했지만
마녀가 살았던 저택에 친구들이 모여들었다.
음악과 춤이 불나무로 하늘을 태울 때
마지막 날처럼 램프는 불결했다.

나는 흘러내리는 매듭을 상상했다.
성녀로 태어날 수 있는 요일에 보이지 않는 손을 보았다.

치마는 벗는 게 아니야 깨트리는 거지.
햇빛이 장미창을 깔아 놓은 바닥에서
수 세기를 지나온 손이
내 몸속에서 한 여자를 풀어 주었다.
매듭이 붉은 꽃봉오리로 떨어질 때
마녀의 음모에 불을 붙였던 남자의
아들들이 내 안에 들어와 치마가 되었다.

모두에게 이름을 지어 주는 성년의 날
마녀로 불리는 나를, 지나
청동상 무늬로 비둘기가 날아왔다.
모든 날을 찢으며
자궁 속에서
아버지를 닮은 아들들이 태어났다.

날뛰는 면

벽에 못을 박고 액자를 건다. 쿵쿵 벽을 들이받는 북이 들어 있는 것이 확실하다. 두들기는 곳을 찾아들어 중심이 되려는 액자는 바람을 돌아나가는 가면을 쓴다. 그림 속에 깃든 하늘과 나무와 사람을 잃은 곳에서 모퉁이는 만난다. 골목처럼 모서리를 붙들고 들떠 있는 못의 자리들.

발작은 순간에서 구부러진다. 모순을 뚫고 들어간 못처럼 말이 날뛰는 면은, 길들이는 먹이에 있거나 달려야 하는 거리에 있다. 따스한 눈빛은 동물을 쓰다듬는 온순한 간격이라고 볼 수 있지만 약자에게 휘두르는 채찍은 목적지를 향한 폭력. 벽은 우리 앞에 등장한다.

수단과 방법을 가리지 않는 목적지는 늘 바깥으로 머리를 돌린다. 주변을 밀어내며 각을 세우는 네모이길 바라는 면은, 면의 명분에 설득당한다. 말 한마디에 면으로 탈바꿈하는 세계는 누구의 목적지인가.

면은 앞으로 전진하되 후퇴하지 않은 미래를 지향한다. 앞을 밝힐수록 그 빛에 눈은 어두워진다. 멈춰 있는 것도 방향이 되는, 목적지는 얼마나 되돌아가야 하는 걸까?

2부

나를 밟아라

아버지는 가끔 엎드려 말하곤 했다. 나를 밟아라.

결정적인 시간에 검은 등고선이 아버지의 허리를 지나
간다.
어깨 위로 몰리는 비
빗소리는 천방지축 질서를 무너뜨린 채
짝발로 걷는 지붕처럼
균형을 잃은 체중을 내딛는다.

젖는 줄 모르게 아버지의 몸속을 걷다 보면
자꾸만 발목은 빠지고
큰 발자국을 따라가다 보면
헐렁해지는 보폭들
허물은 아버지를 떠나 나에게 오고
나에게 온 허물은 빗물이 되어
나를 떠나기 전에
밟고 밟히는
혈연

아무도 아비를 밟는 후레자식이라고 욕하지 않을 테니
이리 와서 나를 밟아 다오.
과오는 죽을 때까지 자신에게 남는다.
그래서 아버지는 어깨를 더 낮추고 등짝과 허리에 찌르르
고통을 참았던 것일까.

과실이 낳은 딸,
아버지를 꾹꾹 밟아서 땅속에 묻었다.
검은 구름에 쑤시고 결린
밟고 밟히며 엉킨 시간들
비 오는 날 맨홀에 빠지는 치욕처럼
시큰거리는 뿌리처럼
땅속을 걷는
발자국이 있다.

월식

달을 찢을까 지나가는 그림자를 찢을까. 왼쪽과 오른쪽 눈이 마주치듯 그림자와 나는 교차 중이다. 움직일 수 없는 늪이 있었다. 함께 지나가자고 잠간 깜깜해지자고 토스한 계절. 열매는 입속을 여는 공기처럼 결락의 지점에 닿으려 색을 입는다.

머리카락을 쓰다듬는 손가락 사이에 걸린 달. 수억 년 밤을 거울에 비춰 낮을 살아가듯 서로를 찢고 들어가야 비로소 나올 수 있다. 난생처음 밤을 보는 낮의 얼굴로 너를 본다. 마음은 숨길 때 아프다. 서로의 눈 속으로 속절없이 사라진 빛은 동굴을 비추며 타들어 간다. 먼 얼굴은 내 얼굴의 뒷면. 한낮의 그늘이 깊어, 구덩이 속에 묻힌 달을 찾지 않을 그림자를 다시 주워 입는다.

서로 각을 잃어야만 굴러갈 수 있다. 그림자는 누구냐고 묻지 않는다. 어디로 가느냐고 묻지 않는다. 어제의 얼굴을 더듬어 가는 것도 사는 일의 초극이다. 절묘하게 어긋난 나를 파묻었던 눈동자가 지나간다.

걱정인형

걱정은 자주 넘어졌던 부위에 묻어 있죠
색색의 고민을 덧댄 날씨를 걸어 나온 계단은 자꾸 허벅
지가 보이죠
어제와 내일 층계참에 모여드는 먼지
걱정은 계단과 같을 거예요

고산의 현기증은 키가 자라지 않는다죠
아이들은 눈으로 걱정하는 법을 먼저 배운다는 과테말
라 백과사전을 들여다보았죠
나를 작게 만들어 숨고 싶은 입술이 있고 나는 그 입속
에 사는 주문이 되고 싶은 거예요
산양의 울음소리가 들리는 곳으로 가고 싶은,
자주 넘어지던 부위를 달랬지요

골목은 늘 어두운 발자국이고 횡단보도는 마주서서 입
간판을 올렸다 내리고
유리문의 햇살 입속에서 얼음이 녹는 이야기
나를 흉내 내며 거품을 앓는 인형의 치마가 부풀어 올
라요

터진 주머니에 한 번쯤 손을 넣었던
맨손이 꼽아 보는 물음들

가장 친했던, 헐렁해진 계단이 닳고
낡은 걱정을 보관하기 좋은 관(棺)이 있죠
구름이 빗금 위로 사르르 녹는 맛
텅 빈 얼굴로 돌아오는 저녁
베개는 죽음을 받쳐 주는 유일한 목격이죠
인형은 사람에게서 걸어 나왔거나 혹은
사람이 걸어 들어간 것이죠

캐치볼 구어체

말은 붙이는 걸까 떼는 걸까
거리는 캐치볼로 조절된다
손가락을 둥글게 말아서 던지는 벼랑
공에서 손가락이 나오면 새가 되고 발가락이 나오면
날아오른 어제가 된다
우리는 공이 꺼낸 손과 발로 구별되는 말이다

자, 던져라
수평은 해일을 숨기고 잔잔하다
공은 둥둥 떠서 너에게 돌아갈 것이다
기울어지는 쪽에서 가속도가 붙는 법이지
하얀 알을 낳는 물고기 거품은 떼어냈어야 했어
빨강, 파랑, 노랑, 물고기 떼가 마구 날아오잖아
그러니까 방심하면 안 돼

말은 귀를 붙이는 쪽이 유리할까
떼는 쪽이 유리할까

수직으로부터 난간은 유래했을 거야

아찔한 충격은 위에서 아래로
뒹겨져 나간 하루치 목소리들
새를 흉내 내며 구석을 찾는다
빈 캔과 종이컵과 일회용 휴지들은
누구의 아침 멘트인가

수평에서 수직으로
굴러가는 말을 주우러 가는 손과
녹슨 손이 함께 잡는
침묵은 누구의 것

던졌던 공으로 돌아오고 있는가
받을 공으로 날아가고 있는가

항 속에 쏙 들어가는 사람들
맞은편 포즈는 캐치볼

청어의 눈으로 싸리나무 꽃피고

어쩌다 눈을 찌른 나뭇가지
그 후로 꽃을 피웠을까
흔들리는 비명을, 한쪽 눈동자에 잠그던 눈빛은 먼 곳이
절실하다
처음 피를 묻힌 나뭇가지는
사람의 고통을 갖게 되었을 것이다
가지 끝 붉은 미늘을 화르르 쏟아내고 싶었을 것이다
마음을 기울이는 일로 흉곽을 돌면
사람의 계절은 눈으로 오고
싸리나무는 충혈된 기후를 지나 꾸덕꾸덕 덕장의 두름
을 세는 셈법이 되었다

몸이 그림자를 하루 종일 옮겨 놓는 일은 막힌 봄을 휘
돌아나가는 외길일까
가늘고 긴 추위가 청어를 꿰뚫게 된다면
눈꺼풀이 없는 결계(結界)의 눈을 가졌을 것이고
산란하는 회유는 씨앗의 절기
이파리가 지느러미처럼 돋아나는 흉터를 나눠 갖는다
나무는 사람의 연안을 돌아와서

눈이 먼 꽃을 피우다 한 두름 물고기 눈이나 모은다

눈이 서로 빠져나온 낱개를
머뭇거리는 옹이로 들여다볼 때가 있다
잠가 둔 물고기의 눈을 풀면 그때
눈이 얼었다 녹는다
관목어 눈가에 싸리나무 꽃이 피고
해안을 지나가는 바람은 모두 한쪽 눈이 감겨 있다

회문

문의 손잡이를 돌려 앞으로 밀듯 망원경을 본다
천문대 주소는 흐리고 방에서 홀로 어둠 속을 걸어가는
초침 소리를 듣는다

나는 바깥에 솔기가 나와 있는 옷을 골라 입었다
언덕 아래 풀이 맑게 돋아나는 날
관측한 위치를 찾아 앉아 보는 일은
징검다리 열 개를 건넌 후의 일인지도 모른다

회문(回文)은 얼마나 많은 회절(回節)을 통해 만나는 것
일까
밤하늘의 목록을 아무리 갖고 다녀도
동그라미를 그려 둘 장소가 보이지 않는다

양의 울음으로 짠 외투와 초록의 겹은 마주칠 수 없듯
겨울과 겨울 혹은 여름과 여름은 서로 만나지 못한다

거울이 벗어 놓은 얼굴들
무늬를 뒤집어 입어도 같은 날이다

자꾸만 맴도는 골목은 언젠가 한 번쯤 돌아올 것이라는 말을 잠깐 옮겨 놓은 곳이다

　그때, 별을 볼 수 있는 자리는 내가 입었던 옷들이었을까
　철 지난 옷들을 털어 내면 관측한 방향들이 떨어져 내렸다
　사람의 시절은 되돌아갈 수 없다

　맑은 날
　별의 송곳니를 가진 얼굴을 만날 때가 있을 것이다

등고선의 편견

청색 빗소리를 따라 걷다 보면 바지 양 갈래에서 질척이는 지평선이 보여요. 어느 쪽으로 걸어가야 지상의 가장자리까지 적실까요.

하루 종일 비는 바지를 입고 있어요. 오른발과 왼발이 우기와 건기처럼 자꾸만 엇갈려요. 비는 몸에 딱 맞아서 흐느적거리는 뼈가 만져져요.

밑단을 접고 계단을 오르듯 배꼽까지 거슬러 올라가면 잘록한 허리에 잠긴 빗줄기가 나뭇잎처럼 뒤덮여 오는 머리카락들. 비가 낮밤을 걸어와 눕는 지구의 끝. 흐르는 두 발이 있어요.

들뜬 길이만큼 스타킹 올이 나간 하루에서 한 발을 빼던 소녀는 발의 흔적을 찾다가 이곳이 어디인지 날씨처럼 물을 때가 있어요. 옷을 바꿔 입어도 차가운 의대증. 옷을 껴입고 사라져도 밖이 없는 몸.

안간힘을 써도 벗을 수 없다는 북서풍을 찢고 있어요.

편견을 벗기는 햇살과 편견을 입히는 찬바람. 함박눈을 빌려 입고 돌려주지 못한 주머니. 우리는 옷의 불안이 되고 싶은 걸까요.

　옷을 선택하듯 등고선이 내 몸을 걸쳐요. 먼 위로는 안감이 없는 맨살의 고민. 벗어 놓은 구름이 떨어뜨린 단추 같은 빗방울

너는 없나?

물고기 배를 가르자
낚싯바늘이 뼈처럼 들어 있었다

몸을 뒤집듯 물살을 뒤집는 허기, 방파제를 내리친 파도
는 수심에 닿았던 혀의 바닥, 덥석 물어 버린 공복의 뼈다

갈고리는 수면을 바꾸는 바람의 모양
허옇게 배를 뒤집은 물고기는 갈증을 앓은 적이 있다

너는 없나?

이렇게 누군가 던진 미끼를 덥석 물었던 일
중심을 세울 것 같은 솔깃한 유혹
좀 더 쉽게 살고 싶은 곳에 쉬운 방법이 찾아온다

꼬리뼈는 누구에게도 없는 그림

그것만 있었으면 했는데
그것만 없었어도 괜찮았을 것이라고 말했다

공기 중에 떠 있는 구름

뼈만이 몸을 지탱하는 것은 아니다

칼이 지나는 물고기 배 속이 훤히 드러났다

초콜릿 계급

맛을 알고 있는 사람

그는 보존될 위험에 처해 있는 혀를 갖고 있었다. 기밀문서를 암호로 기억하는 사람. 녹아내리지 않은 사건을 지나왔다. 밤이면 돌덩이처럼 굳어 버린 입술을 열고 싶은 충동이 심연을 두드리며 곤두박질쳤다. 한때 지붕에서 흘러내린 달콤하고 가파른 비밀을 유일하게 맛본 이후, 죽을 수도 살 수도 없었다. 하늘까지 자라난 머리를 열면 수천 가지 혀가 쏟아져 나올 것이다.

맛볼 수 없는 사람

자유는 찾아서 데려올 수 있다고 믿었다. 조각상에는 조상이 부르던 민요가 흘러넘친 그대로 굳었다. 노래는 잊을 수 없는 맛이 있다. 혁명은 실패했고 땅에 묻은 아들은 기이하고 감미로운 가락을 따라갔다. 서로 꽃잎을 따서 입안에 넣어 주는데 귀에서 돋아난 혀가 눈물을 속삭였다. 흙을 파먹는 조각상들. 목소리를 잃은 노랫말은 자유.

맛을 모르는 사람

알 수 없는 사건이 가끔 일어났지만 궁금해하는 사람들은 아무도 없었다. 다만 허기로 걸어 다니고 물건과 먹을 것만 분류하는 곳엔 구름과 지평선 맛이 있었다. 모르는 맛엔 혀가 없다. 선박에 실려 어딘가로 가는 열매도 있었다. 어머니도 할머니도 배가 부르다며 작은 입에 넣어 주는데 항구쪽으로 혀가 번진다. 알을 주워 먹던 아이들은 나비가 왜 태어나는지도 모른 채 나비처럼 웃는다.

단초

단초를 끊으면 단추가 달린다

몸이 들어갔다 나오는 기간에 대해 단추 구멍은 몇 겹의 실마리를 감거나 풀어야 했을까

같이 보았는데 누구는 보지 못했다고 말하고, 듣기만 했는데 본 것처럼 말하는 사람들이 광장에 모여 있다 투명한 우의와 촛불과 초코파이 빵과 흰 우유를 나누며 동일해지는 광장에서 반갑게 인사를 건네는 사람을 알지 못한 채 더 반갑게 뒤통수를 긁적이며 제자리에서 자르면 옮겨 가는 관계들, 비슷해지는 것은 이해하고 싶은 속성

나는 겉과 속을 뭉친 보풀로 굴러간다 한 번도 가 본 적이 없는 이쪽과 저쪽으로 실밥을 살살 달랜다 한 마리 분량의 보풀을 묻히면 붙어 버리거나 숨어 버리는 양들

당신과 같은 생각을 가져서 가능해지는 동참은 허물이 칭칭 감겨진 실뭉치, 손이 들어오면 날아가 버린 나비처럼 구실을 따라가면 절반이 드러났다 사라지고 공기를 터트리

는 말은 바닥을 일으켜 세웠다

　같은 울음을 껴입고 두꺼운 광장을 한 꺼풀씩 풀어내는
실마리

우스꽝스러운 빨강

피에로 빨간 코는 이중창,
낮과 밤이다

창문은 밤이어서 밝거나 어둡다
지울 수 있는 저녁과 지울 수 없는 저녁에서 빛은 깜박
거린다

빛을 얼굴에 부으면 찢어지는 입
사람들은 웃고 있는 너를
너는 울고 있는 너를 보고 있다

진한 색을 칠하면서 지우는 입술의 가변(可變)은
감정이 번지는 주변
분장 속에서 발랄한 과장은 튀어나온다
목소리는 밝거나 낮은 농도

오른쪽 골목을 열어 놓으면
왼쪽은 오른쪽의 통로이다
밖으로 나가는 너와 안으로 들어오는

너는 마주보며 두리번거린다

창은 겹치면서 열리고
닫히면서 열린다

창에 든 풍경처럼 모였다가 흩어지는
가설극장 무대들
덧칠하면서 너는 있다가 없다
지우면서 너는 없다가 있다

빨간 코를 풀면 창문은 깨질까
창문이 열리는 것은 우스꽝스러운 표정일까

박살 난 얼굴을 붙이려고 스위치를 더듬는다

무릎의 지평선

흙탕물을 뒤집어쓴 꽃,
꽃으로 보일 때까지 일어나지 말아라

자신을 의심하게 하는 흔들림은
자세를 바로잡는 시간
어쩌면 옳지 않을지도 모르는데
쉽게 수긍해 버리는 일들로 인해
일어나고 앉아야 할 때를 놓친다

뜻밖의 일은 어디서나 일어나고
나는 나에게 물었던 대답을 분별해야 한다
무릎 사이에 얼굴을 끼워 넣는
저녁은 열리는 안이다
두 손을 십자가에 모으면
눈물이 번지는 끝에서 다시 일어설 수도
앞으로 나아갈 수도 있다는 굽혀진 부분

계단은 계단을 만들면서
피하고 싶은 계단을 오른다

그때 정면을 마주하는 곳은 무릎의 안쪽
바림과 햇살은 접힌 곳으로 늘어가서
허공을 꺾으며 계절을 가꾼다

고통은 낮은 자세를 가르친다
슬픔이 슬픔에게 손을 내민다
화분에 옮겨 심은 흙투성이 꽃이
흐린 골목을 앞서 걸었다
보는 것과 보여지는 순간들
그게 전부가 아니라고
넘어졌던 부분에서
눈동자에 허물이 벗겨지고 빛이 보이기 시작했다

하울링

팬시의 여름을 드나들었다고 내가 이야기했나 문이 없는 날, 오후의 이야기로 들어온 아이들은 겨울 나라로 돌아가지 못했다 어린 샤프와 머리핀이 소소하게 사라지던 곳, 언니의 보석함 속에서 울음을 훔치려 했지만 웃는 얼굴만 반짝 빛났다

한 번도 본 적이 없는 울음은 어디서 오나

온순한 늑대를 보고 세 자매는 울음을 터트렸지 밀가루를 묻힌 손을 엄마를 흉내 낸 목소리를 상냥한 말씨에 숨긴 송곳니는 보지 못해서 투정도 웃음으로 교정해 주는 상점, 장난감 시계에는 장난감 시간들이 가득했었지

잃어버린 것들 모두 어디로 갔는지 아니? 흉터로 닫힌 틈, 머릿결은 언제나 머리핀을 기억한 적이 없었지 스티커만 있으면 시장에서 돌아오고 있는 엄마를 붙일 수 있었다 싱크대와 장롱과 벽시계 속에 숨어 버린 어린 날들

불쑥, 우리에게 돋아나는 불행은 처음 보는 인상, 죽은

아버지의 옷을 입고 있어도 의심하지 않았지

언니, 추운 무덤인데 왜 눈은 오지 않지?
겨울은 돌아오지 않았단다 행복한 여름으로부터

도도새 퇴화설

조류도감 한 페이지가 찢겨 나간 흔적처럼
발자국은 꽃잎으로 진화되었다.
도도새 뱃속은 카바리아* 씨앗을 품은 종묘지였다.
자전하는 지구를 따라 싹이 트고
공기가 부풀어 오른 한철엔
새를 통과한 나무들만 날아오른다.
숲을 물고 있는 울음, 퇴화된 깃털들이 빠진다.
발자국이 자라나는 것을 보면
벼랑 끝에 숨어 있다는 추락은 낭설이다.
새롭게 발견된 존재들은 이미 사라지고 있는 중이라고
날개는 제 영역에 선회를 걸어 놓고
퇴화되는 상공을 물끄러미 바라보았을 것이다.
꽃송이들 바람 쪽으로 진화하듯
날개를 잊어 가는 것은
열매가 말랑해지는 배앓이.
추락 밑에는 늘 묘목이 있었지만
카바리아 나무는 기우뚱한 달의 부리를 잡아
굳어 가는 퇴화를 긁고 싶은 것이다.
사라져 가는 나무의 종류들은

그늘 밑에서 자꾸만 돋아나는 날개를 본다.
제 몸에 맞는 상공이 없어 퇴화된 새들이 있다.

* 학계는 최근 모리셔스 섬의 카바리아 나무가 희귀종이 되어 가고 있음을
  알게 되었다. 지금 남아 있는 나무는 열세 그루가 전부이며 300년 동안
  번식을 멈추었다. 이는 도도새가 300년 전에 멸종한 것과 밀접한 관계가
  있다고 학계는 보고 있다. 도도새는 이 나무의 열매를 먹고 살았으며, 이
  새의 소화기관을 통해 나무가 성장할 수 있었기 때문이다.

앞사람은 비키지 않는다

언제 비킬 것인가

　모두 동등한 키로 웃었다 내 얼굴은 단체사진 속에서
찾을 수 없다 몸을 옆으로 돌려 역광은 피했지만 치즈는
벗어나지 못했다

　키는 어디까지 키로 간주될 수 있을까
　얼굴을 키에 포함시켜 포즈로 간직할 수 있을까

　몸은 보이는데 얼굴이 보이지 않을 때
　문득 보이는 몸이 내 키였다는 사실 속에 갇힌다

　영원히 기억되는 사람은 누구일까 보이는 사람 혹은 보
이지 않는 사람 보이지 않지만 자꾸만 눈앞에 어른거리는
사람 눈을 비비면 눈동자로 굴러다니는 사람 끝내 눈물이
되는 사람

　엄마는 나를 앞에 세우고 사진을 찍었다 엄마가 보이지
않을 때 본(本)을 보여야 하는 얼굴로 두리번거리면 본보기

는 렌즈처럼 열렸다 닫힌다

　저녁 어스름이 새벽 푸르스름한 빛과 해후한다 의표(意
表)의 피사체에서 그림자를 본으로 택했다

　왜 앞만 보고 있을까
　도대체 앞사람은 언제 비킬 것인가

　하나쯤 가려도 될 만큼 공동체적인 얼굴이 있어 순간은
치즈로 호명된다 나는 확인되지 않은 명백한 사람 풀썩 주
저앉거나 무릎을 굽히거나 고개를 기울인 앞사람의 잔상
은 뒤에서 오는 요원한 후회

　나는 앞사람의 얼굴로 웃었다
　뒤에서 앞으로 계속 웃어야 했다

꽃들의 시차

꽃들의 시차 밖엔 각종 행사가 있다
그 이름은 원래 잊혀질 종류였지
눈물이나 혹은 웃음
기억되길 바라는 향기였다고 해

지명이나 사람 이름으로 불리는 꽃은 누군가의 머릿속
에 뿌리내리려 하고
같은 연대를 바람으로 앓거나
숲 속의 오후로 늙어 가기도 하지

수요일의 꽃이 먼 나라에서 오면
빨강은 저녁의 여분으로 피어나지 못하지
상자 속에서 꺼내 놓는 이국의 표정은
누에의 잠에 빠져 있던 시차

그러니까 몽상은 사물 끝에서 시작되는 계절 같은 것이
지 구름의 통관을 거쳐 꽃들이 이동하는 곳, 꽃다발엔 뿌
리가 없지 상자와 서랍을 바꾸어 열고 닫아 보는 물음은
웃음을 울음처럼 느끼는 일

슬픔을 아는 꽃은 목이 길었을까

수요일의 조문과 성혼은

몸이 없는 이름을 심고 불러 보면 되살아나는 것 날아
가는 꽃잎에서 체온이 전해져 오는 것

농도가 다른 화병을 지난 입술로 찾아오는

꽃들의 소용을 떠올리며 자라는 소녀들

휘발된 시차를 넘어 제 이름과 만나는 상자 속이거나 서
랍이거나

지평선 꼬리

두 개의 태양이 수염을 달고 떠오르면 호기심에 어슬렁거리는 막다른 골목은 뒤늦은 문, 밤에 들어가지 못한 고양이가 거울 속으로 들어가려 한다

밖으로 나오려는 울음과 안으로 들어가려는 어린 발톱이 몸을 바꾸고 있다 달콤하고 맛있는 고양이의 밤을 주세요 부드러운 불빛으로 털을 쓰다듬어도 둥글게 돌아가는 시간이 되면 낮에 나오는 반달처럼 흰 고양이들은 검은 고양이의 발목을 갖는다

골목을 뒤지는 얼굴로 두리번거리는 착륙, 희박한 숨소리를 천천히 몰아가던 낮 동안의 잠자리는 담장보다 높다

서로 넘나드는 지구와 화성은 밤과 낮이 기울기로 깨진 곡면, 고양이는 궤도를 벗어날 수 없다 태양이 끊임없이 휘어진 뼈를 맞추고 있다

거울 뒷면은 황량하다 불을 피우지 못하는 내일은 넓고 카메라*는 멀다 고인 물이 있는 곳을 찾아 먼지의 속도로

구릉을 넘어가는 고양이 한 마리가 찍힌다

  꼬리보다 긴 눈빛, 화성에 들어서면 지평선 사이로 털갈이 하는 일몰을 보게 된다 태양이 밤으로 느릿느릿 걸어간다 사라진 고양이는 깨진 거울 틈으로 들어가 있었다

* 큐리오시티호.

3부

납작한 모자

그늘을 꺼내며 천막이 들어선다
소년은 아코디언의 마지막 행렬
한 세기를 지탱한 분위기는 코끼리 뒤에 숨겨서 올 때도
있고 마을에 남기고 갈 때도 있다지
헐기도 좋은 농담을 풀어내는 입구로
동네 아이들이 모여든다

지붕을 없고 얼굴을 바라보는 구도에서
유랑은 웃음 혹은 한여름 박수로 되돌아오지

한 번쯤 빌려 쓰고 싶은 납작한 광대 모자
길고양이 울음이 눌려 있다가
튀어나온 장미꽃은 한 곳에 머물 수 없는 자의 주문일까
방목된 사자는 300년째 불타고 있는 중이라지
소녀는 곡예로 여백을 채우고
웃음과 긴장을 벗겨 내는 방식은
쓰고 온 바깥에서 꺼냈지

흙먼지는 바람의 먼 후일, 분장은 훼손된 풍경

낮과 밤은 서로 흉내 내기 좋은 거리를 두고
등불은 조금씩 사라져 가는 그림자를 비추고
축제는 나무 속으로 허물어지는 바람이거나 햇살이겠지
소녀들이 중세를 닮아 가는 곳
오후의 그늘조차 서커스를 따라가고 신발 한 짝이 지난
밤을 걷는다

코끼리 등에 앉은 소녀가
아코디언 연주 속으로 들어가고 있다

0을 굴리면

#1 날아가는 0

전선줄에 거꾸로 붙들린 비둘기 날개 사이로 태양이 진다 묶인 날개란 해 질 녘을 열고 닫는 바람에 지나지 않는다 층운은 불안을 바라보는 쪽에서 먼저 다급해진다

목소리가 뭉쳐진 높이에 구조대원들이 사다리를 댄다 아이스크림을 먹다가 지하철을 빠져나오다가 버스 안에서 문득, 공포는 푸드득거린다 동시에 아찔한 순간을 보는 심정

날개를 한 가닥씩 풀어내는 얼굴들, 발이 묶인 적이 있는 불편은 닮아 있다 불안이 불러온 주기는 날개보다 빠르다 눈으로 세는 수는 자꾸 처음으로 돌아가려 하고 손가락으로 세는 수는 먼저 끝에 닿으려는 습성이 있다 태양의 계단을 오르내리는 새처럼

#2 터지는 0

서로를 붙들고 익어 가는 피마자 열매, 마을의 첫 대문이 열린 것처럼 꼬투리가 벌어진다 햇살이 구름의 몰두를 터트리듯 공기를 반질반질하게 문지르고 있는 아주까리 한 알의 집중이 멀다 먼 곳의 수는 헤아리기 어렵고 가까운 수는 그냥 지나치기 쉽다 서로 뭉치기 좋아하는 열매는 구름처럼 흩어지는 오후를 감추고 있다

키 크고 쓸모없는 한여름 그늘은 씨방이 많고 먼저 환해져 헐렁한 바람이 든다 하루 종일 바람을 비웠다 채우고 아무도 찾아오지 않은 그루터기는 스스로를 돌고 있다

#3 흩어지는 0

호랑거미가 알집을 물고 있다 구멍에서 새끼 거미가 쏟아져 나온다 흩어지는 수에 호칭을 달아 주는 기간, 돋아나는 잡풀들 혹은 강가의 잔물결, 달아나는 하루와 뒤쫓

아 오는 하루의 간격은 어둠이다 빛이다 사라지는 0이 없
다면 불어날 수도 없다 그렇다면 햇살에 드러나는 수와 폭
우가 쓸고 가는 수는 같을까

#4 자전하는 0

사람과 나무와 태양과 갈라파고스섬은 둥글어서 무수한
0으로 굴러갈 수 있을 때까지

붉은 사과를 세고 있는 푸른 사과, 죽은 아이를 찾고 있
는 할머니, 가족이 된 개와 고양이, 작살에 꽂힌 고래를 보
는 고래, 아마존이 사라지는 달을 보면서 북극의 뿔을 잡
고 노래한다 상실된 눈물, 리듬이 사라진 땅은 별이 소멸
하는 속도로 우리에게 돌아온다

마의 구간

가족은 표준에 얹혀사는 집단이다. 미루고 미루다 보면 나오는 추산은 동굴 벽을 손으로 더듬는 법칙. 어느 벽이건 문 안쪽이거나 바깥쪽일 테니 모든 끝에 문을 다는 일은 막다른 경계심이다.

가파른 표정이 지붕에 얹힌 시대.

가족은 서로의 울음에 앉아
눈물이 흐르는 문을 닦는데
봉합하지 않은 유언은 문의 불안을 붙들지요.

죽음을 둘러싸고 있는 가족들, 배다른 아들들이 결투를 벌이면 큰일이구나. 미래를 의심하지 마세요. 이제 시간의 장벽이 무너진 그 문으로 들어가세요. 너희들의 과장된 울음에 내 눈물이 넘치는구나. 눈물에 잠긴 집을 배로 만들어 놨으니 문을 잘 찾고 들어가야 한다.

쏟아지는 별을 바라보면서 실리적인 이름을 지붕에 걸고 명분의 말끝에 왕관을 씌웠지만 권력도 영광도 찬란

앞에서 무너지니, 근엄한 확률에 핵가족을 만든 나의 잘못이다.

모두가 잘사는 나라를 건설하고 싶었단다. 하지만 나의 표준과 너희들의 추산으로는 그 나라가 채워지지 않았구나. 이제 편히 눈을 감으세요. 우리는 아버지의 일기장과 새벽을 넣은 자루를 물려받은 만큼 희망이 있습니다.

오늘의 죽음은 너희들 몫으로 남겨 두고 떠나는 마지막 일이다. 처음으로 가족들이 접경의 모서리에 모여 나를 추모하겠구나. 눈물에 띄운 배를 타고 광화문과 한강을 흘러, 아름다운 손녀의 눈에서 나의 죽음을 보는구나.

새의 겨울

슬라브 사람들은 겨울이면 옷 속에 새를 넣고 다닌다.
따뜻한 새, 희미한 새, 태초를 들려주는 새
코트 안쪽 오솔길을 걸으면

북쪽의 빙하기와 서쪽의 지진, 참혹해라.
크레바스 무늬로 사라지는 마을을 돌며 얼음을 쪼는
암송
마지막 숨을 고르는 영혼을 부르며
닳아 없어지는 부리의 밤들

보이지 않을 만큼 날아오는 빛
혈관처럼 좁은 길이 종말의 아침을 비추었다.

나는 새의 비통한 울음을 새기며 죽음 너머를 본다.

설원에 발자국만 남는 이야기. 새는 낮게 날아서
자신의 어둠을 보고, 그 어둠을 반추하며 빛을 모아 세
상을 도왔다.
눈물을 병에 담아 깨트리면

깃털이 고통을 포근하게 덮었다.

새가 물어다 놓은 나무가 심장에서 자라난다.
하늘까지 길이 된 밀알처럼

새로 숨을 쉬어야 하나.
날려 보내야 하나.

한 손으로 새를 쥐면 서늘한 그림자
두 손으로 새를 쥐면 기도가 되는 곳

서로 반대 방향으로 흘러가는 하자르강처럼 오솔길을
열고 새를 날려 보낸다.
첫 겨울을 보면서 방향을 잡아 가는 새

찢어진 책

아이들은 우리들의 영원한 은유다
내일의 은유가 죽은 뒤에야
그 은유를 반성하기 시작했다

찢어진 책은 책장 사이에
칼을 숨기고 있다.
끊어진 철로를 달리는 기차처럼
칼날 위로 걸어가는 사람의 뒷모습
영원히 마주 보고 살아야 한다.
잃어버린 것과 놓쳐 버린 것을
주위처럼 서성여야 했다.
그다음 말을 찾을 수 없어 상상을 오려 붙였지만
서로를 볼 수 없는 얼굴이 되어 갔다.
오늘은 앞산 능선에 구름이 걸리더니
안개는 눈동자를 지우기 시작했다.
비는 창을 넘겨서 써내려 간 글자를 뭉개었다.
들은 이후의 귀로, 본 것처럼 살아간다.
아이들을 구하러 간 사람들조차 지느러미가 사라졌다.
우리는 죽음의 페이지를 오가고 있었다.
아침이 찾아왔지만
배는 태양의 한가운데로 침몰했다.
가끔은 톱날이 쓱싹쓱싹 소리를 내기도 했다.

누군가는 아이들의 울음소리라고 말했다.
아니, 자장가처럼 들렸다.
물에 멍든 이름을 불렀다.
이름은 너무나 희고 얇아 베인 손가락에서
핏방울이 떨어졌다.
오목 거울이나 머리핀 같은 것들이
미궁 속에서 떠올랐지만 얼굴마다
먹구름과 파도를 뒤집어쓰고 있었다.
하늘이 책 속으로 접히고
정오마다 찢어진 자국이 생겼다.

평발의 안부

여름 구두 가게에서 겨울용 구두를 맞추고 있다.

걸음걸이는 여름에서 겨울로 절뚝이는 말처럼 들린다. 계절은 나비를 한 번도 눈에 넣지 못한 난시. 처음 나비를 보고 잡힐 듯 잡히지 않는 얼음 위에서 미끄러운 구두를 신고 있다. 눈 속에 푹푹 빠지던 걸음. 무더위에 길을 걸으면 길이 들썩인다.

밑창에는 설국의 무늬가 박혀 있지만 이곳에 없는 설경(雪景)처럼 안부를 물어 온다. 걷기 위해 걸었어도 살기 위해 걸었다는 진술을 벗어날 수 없다. 여름이 지나가고 겨울을 지나간 구두는 시간의 발견.

구두 속에서 자라는 뿌리는 어느 쪽으로 기울어도 꽃망울을 매달지 못한다. 꽃망울은 불균형의 추. 애당초 불편을 모르는 중심은 목 놓아 울던 통점 아래 있다.

겨울의 형식을 배우는 것이 여름을 사는 방법이라면 불균형도 균형이 될 수 있겠지만 땡볕, 발자국마다 뒤축

이 녹아내리고 있다. 절뚝이며 바닥의 높낮이를 맞추고
있다.

손금의 판화

다시 왔던 곳으로 돌아갔다.
아무리 내려가도 닿지 않는 발
굴러 떨어지는 돌멩이들
지층의 무늬에선 깊이 묻어 버린
손금의 골짜기가 보인다.

파고들수록 내가 내 발을 밟고 있다는 생각
인중으로 멀어진 계절엔 나만 거꾸로 보였다.
하루 종일 같은 주위를 돌며
골이 깊은 입술 속에서
중얼거린 말

예전엔 새의 부리가 박아 놓은
자리마다 꽃이 기린의 목처럼 사랑스러웠다.
너무 환해서 볼 수 없는
한번 내부로 들어온 바깥은
안에서 밖을 잃어 기억에 갇힌다.

언 창에 금이 번지듯

수백 번 접은 채로 돌아선
흐린 눈동자 속에서 되돌아오는 자정의 뼈에서
참았다 뱉어 내는 호흡처럼 별이 지나는
가슴을 올려다본다.

그리움을 매단 한 그루 나무가 층층마다
손가락을 펴자 쪼개진 얼굴이
또르르 굴러가면서 벌어진 틈을
메우기 시작했다.

영역을 밟았기 때문이다

부비트랩을 밟고 있다면
식물처럼 폭발한다면
뒤틀린 뼈는 방향이 아니다
그러니까 우리는 벼랑 끝까지 끌고 가서 눈을 감을 회피
도 아니다
발을 떼는 순간,
여름이 끝나고
지상과 공중은 온통 날리는 것들 천지다
이미 박힌 총알을 찾아온다는 총성
몸 안으로 밀어닥치는 눈보라
만질 수 없는 차가운 뼈
영혼을 위로하며 쌓이는 눈송이들
다시 뭉쳐지려면
다시 차가워져야 한다던 눈사람

오직 한 자리를 차지하기 위해
오고 있는 사람과
떠나는 사람이 마주하는 위치
흩어져 내리는 눈보라의 바깥

주변을 밀쳐내면서 둥글게 뭉치고 굴려서 불어나는 눈
덩이에 나무와 돌과 새가 깃들이는 자신의 눈물에

　독점하는 바람은 녹는 점
　봉합하는 구름은 끓는 점

　제자리에서 스스로 녹아내릴 때까지
　구겨져 버린 귀와 버린 입술과
　두 팔이 흥건해지는 제자리
　작점(爵坫)으로 흘러내리는 빈자리

물방울의 회화

물방울은 물의 뒤끝이다
빨랫줄에 고이는 화석의 투명한 속도다

옥상은 계단의 속도를 붙들고 있다
물이 불어난 계곡의 텐트처럼
언덕 위에서 언덕 아래로 떠내려가는
환풍기가 돌아가는 벽은 물소리만 흐른다

눈을 감았다 뜨면 물 기둥 같은 화석이
물방울 속에서 증축된다
각인된 각도가 건축의 높이를 만들어 갈 때
말라 가고 있는 옷들은 화창한 날에 입어 보던
뼈의 물결들

집의 이동으로 뼈들은 철골처럼 단단해진다
살아가는 느낌으로 빗물이
외벽을 씻겨 내려가며 집을 벗고 입는다

물방울을 옮기며 번성한다

물탱크를 올린 가옥들
오르내리는 발자국이 물방울로 맺혔다 사라진다
뚝 뚝 낙숫물 떨어지는 소리에
외투를 벗고 몸을 누이면
창문과 창문은 마주 보는 천구(天球),
헌 집을 부수고 다시 짓는 동안
폐허는 물방울로 이루어진 표면장력일 뿐

위에서 아래로 흐르는 도시는
아래에서 위로 범람하는 물의 바벨탑이다

내일의 반경

퇴화 목록을 살펴보면
가장 빈번한 곳은 반경입니다.
밤과 낮의 길이에 따라
별들은 농경지를 슬쩍 옮겨 놓고
초침과 분침처럼 잡초와 식량을 구별합니다.
동지를 지나는 계단과 빙판
짧아진 동선은 앞집을 옆집에 묶어 둡니다.
집 앞에 그림자를 가두는 골목은 좁아진 걸까요.
가시거리가 짧아진 걸까요.
꽃병을 보고 있으면 병(病) 안에 갇히는 기분
꽃은 사라지고 자주 마실 오는 앞집 늙음에게
병에 물을 갈아 주듯 반경을 갈아 줘야 할까요.

발걸음보다 저녁이 먼저 도착하는
활동 반경은 행동 반경을 조절합니다.
곧 매화가 핀다고 개구리가 튀어나온다고
옆집 목련이 담 너머로
헐렁한 옆구리를 긁적입니다.

소녀를 보고 있으면 소녀가 된 것 같다던 눈빛
찾는 사람이 없다는 긴 늙은 사람도 없다는 것입니다.
손톱 밑에서 관절에서 주름 속에서
하지를 지나는 나무를 보다가 서로를 돌면서
서로를 돌아 나옵니다.
먼 곳 끌어당긴 근처에서 꽃이 핍니다.

의심 다섯 마리와 증거 한 마리

물고기가 줄어든다
의심 한 마리가 의심 다섯 마리를 삼켰다

괜찮아, 한 마리의 증거 속에는 다섯 마리의 의심이 들
어 있으니까
의심은 지느러미 모양이니까
어항은 말을 버린 입이니까

배를 열어 보고 싶은 건 칼,
칼은 또 의심의 지느러미니까

하기 싫은 말과 하고 싶은 말을 서로 미루듯 의심과 확
신을 애완으로 키우는 것처럼

수초를 넣고 눈치를 보는 비린내
끝장을 보는 것과 묻어 두는 것 사이의 공기방울
괜찮아, 여전히 살아 있으니까

금붕어 구피 그리고 공기방울들

통째로라는 말과 통한다는 말을 한 어항에 넣었던 잘못

그러니까
상처는 먼저 말하는 쪽과
듣는 사람 중에서 누가 더 깊게 찔리는 걸까
순간을 참아야 할 때가 있고
순간을 지나서야 보이는 투명이 있다

머리와 꼬리가 물어뜯긴
한 마리의 의심을 의심하면서
물을 갈아 주고 먹이를 준다

상냥한 답가

머리핀이 꽂힌 허밍
입안에 살던 얇은 말들을 꺼내 주었지

저녁의 가장 높은 가지에서 푸른 혀를 떼어 존경하는 호
칭을 슬며시 나의 이마에 달아 주었지 친애와 연정 사이 기
름기 없는 꽃들과 부드러운 유선의 꽃을 구별할 수 없었지

음절들을 손으로 꼽거나 별밤에 적을 둔 꽃말이거나 도
리질을 잘하는 호흡들

나무에 든 음정은 서리 내리는 바람의 방황이었겠지만
뼈가 있는 선언은 걷거나 뛰어갔겠지

모질고 아름다운 오역에도 귀를 잃을까
당황이 당혹스러움으로 옮겨 가던 시간들을 달빛에 싸
서 걸어 둔다

잠들지 못하는 곡(曲), 악보는 팔랑거리는 바람에 뒤척이
고 뒤를 돌아보는 구름이 무섭다

되돌이표를 펴면 어김없이 비가 내렸던가

빌려 간 감정들이 처마에서 뚝뚝 떨어져 한낱 소리로 되돌아갔던가

당신이라는 말은 노래의 첫 소절

간주로 전례를 나눌 수 있는 사이라던가

가까운 노래에 딩신은 가성의 상냥한 답가로 매몰찼다

무정형 관계를 뭐라 불러야 할까

당신이나 너의 중간에 의자를 놓고 콧노래를 흥얼거리며 짐작도 없이 그저 음표들을 따라가다 만나는 허밍

발소리를 포장하는 법

투신하는 자리에 리본처럼 신발이 매여 있다
마지막까지 동행했을 발자국은
신발 끈처럼 헐겁게 풀려 있고
허우적거렸을 수면은 파문을 덮개 삼아 재빠르게 수습
되었다
맨발을 주춤거리게 했을 매듭
닫고 나간 문 같다

그가 지나온 걸음마다 잠긴 흔적이다
부러지면서 처음이자 마지막 마디를 삼아 놓았다
아무리 주위를 둘러보아도
눈길 묶을 곳이 없었을 것이다
마지막 남은 결심은 기우뚱거린
현기증을 신고 있다

막다른 지점에 가지런히 모았을 무릎의 봉인
신발 한 켤레로 엇비슷하게 겹쳐 묶은 매듭엔
하루쯤 지난 시간이 매여 있다

중얼거리며 끝내 풀려고 했던 우문(愚問)처럼

머뭇거리 소용돌이로 고정된 수면 한 폭이 잠잠할 뿐이다

정성스러운 포장

벗겨진 발소리를 수거해 간다

가파른 함구는 축축한 어둠 속으로

외운 가사 중얼거리듯

노래는 우리가 알고 있는 말과는
전혀 다른 말
모유(母乳)의 첫 발음들

음악은, 음은
한 소절로는 존재하지 않는다
국기에 담긴 내용처럼
노래는 저마다의 나라

젖은 얼굴에서 음표를 모아
고립된 노래는 땅끝까지 흘러가듯
유월의 입술로 혁명가요를 부르며
사라진 가족을 두고 이민 가던 사람들이
신문을 뒤적이며
찾는 노랫말

열심히 살고 싶은 나라는 어디에 있을까?

정어리 통조림 같은

돛처럼 불룩한 말들을 내뱉는 사람들

세상이 건설한
슬픈 나라 즐거운 나라

너무 익숙해져서 흥얼거리지만
모든 입속에서 완벽해지는 국가의 전설처럼
노래는 버리는 방법 중 하나이고
상실감을 딛고 일어서는,
일어서야만 하는

허밍,

유선을 따라 찌르르
찌르르 울리는 악기들

등 뒤에서

가축의 목을 만지면 순한 숨결이 잡힌다
비명은 목구멍에 걸린 검은 잎
살려 주세요
사람에게 말을 걸었는데
대답이 없다

허공은 공허한 목덜미, 우리는 약속처럼 같은 공용어를
쓰는 이웃이다 허기가 깊은 목에는 긴 숨이 붙어 있어 연
민을 느끼는 동시에 찌르는 짓을 할 수 있을까

동네 아저씨는 어린 염소의 숨통을 단숨에 끊었고 염소
의 여린 혈관이 풀잎처럼 솟구쳤다 등 뒤의 수풀을 헤치며
무엇인지도 모르는 세계는 다가올 수 있다 목에 칼을 들이
대었던 기억이 가끔 떠다닐 때면 가축의 발자국이 집 안에
찍혀 있곤 했다

열린 대문을 보면 오래 굶어서 텅 빈 목구멍이 떠오른다
열린 문으로 들어와 열린 문으로 나가 버린 문은 짐승이다
문을 통과하면서 비관의 발톱을 모호하게 세운다

마치 사람처럼 안녕, 이야기하다가 웃기도 하고 울기도
하던 짐승이 길들여지면 가축이 될까 처음 움집 옆에서 길
들여지기 시작한 가축과 나는 마주친 적이 있는 문이다
자꾸만 과거로 열리는 문이다

북회귀선

흰 셔츠가 태풍에 날리고 있다
바람이 늘여 놓은 목둘레는 하늘이 구겨 넣으려는 하루
쯤 될 것
얼룩을 빠져나오다
예약된 기압골은 헹굼에 걸린다

오래전 소용돌이 속으로 들어간 한 사람이 되돌아오곤
한다 주머니에서는 비가 떨어졌다

옥상을 팽팽하게 당기는 빨랫줄은 수축하는 경로, 먼저
바람의 뒤척임을 알아차린다
무거운 풍속은 빨랫줄에서 빠져나간 가벼운 것들만 날
아오르게 하고
빌딩 사이에서 한바탕 비벼 빨면
몸이 없는 팔다리가 휘적휘적 뒷골목을 돌고

옥상을 가진 집들은 빨랫줄의 점선을 따라서 지어졌을
것이다

바람이 뒤흔들고 있는 설계도처럼, 생성과 소멸의 연결고리처럼, 상체만 날아오르는 사람을 본 후로 풍선을 가득 불고 있는 바람을 숨겨 두었다

　나는 속옷을 빨랫줄에서 잃어버린 적 있고 그 빨랫줄을 일기예보로 쓴 적도 있다

　그가 떨어뜨린 단추 방울이
　셔츠를 빠져나가면서 내리막 탈수를 시작한다
　뒤섞이고 탈색된 골목에서 탈골로 흘러온 펄럭이는 몸짓이 궤도를 지나는 중이다

　오늘은 옥상 눈금이 바지 쪽으로 살짝 기울었을 것 같다

휘어진 음계
—— swan song

물고기들은 물의 등을 본다.

두 숨으로 부른다는 스완송, 두 방향을 맴도는 물갈퀴가 붙어 있다. 구름에 투영된 마지막 음이라고 물의 층을 몸에 새긴다. 울지 않고 어떻게 죽음의 노래를 부를 수 있을까.

수면 밑에서 쉼 없이 물살을 휘젓는 물갈퀴처럼 유작의 노래는 아무도 가 보지 못한 암초를 수백 번 넘겼던 악보

울음이 낮은 층에서 물든다. 하얗게 휘어진 음계들이 모여 강은 흐르지만 고요한 물의 층을 옮기는 물갈퀴는 긴 등을 떠밀며 적막에 닿는다.

그건 한 번도 들어 본 적도 없고, 지금까지 불러 보지도 못한 수심의 노랫말, 자신이 흘린 눈물에 젖지 않고는 들리지도 보이지도 않는 숨

물의 가벼운 층은 걷는 곳이라고 이제 죽어도 좋을 저녁

을 남겨 두고 거센 물살을 거슬러 자신을 비우기 위해 강
렬하게 운다.

공중극

예매도 좌석표도 없는 공중 무대
간극에 매달려 있는 줄

구름 휘장을 두르고 유리창의 팽창을 닦아 낸다
직업의 경사로를 따라 조명하는 태양
공중을 연출하는 마리오네트의 외관 공연에
발 디딜 마룻바닥은 없다

바람의 갈피에 한계선이 적혀 있다
칸칸을 들여다본 관객들 늘 딴청이거나 바쁘다
몰입에서 얼굴을 떼어 내는 일, 탄성이 뿌옇게 풍경을 덮
는다
찌든 소음을 말아 쥔 비눗방울들
휴식이 모이는 건 난간의 일
햇살 섞인 유리창 안은 늘 타지였다
각본에 없는 행간에서 화분이 떨어진다

줄에 묶인 동작을 자주 확인한다
공중에는 의심이 앞서 매번 바뀌는 관객

형상을 지우지 않아도 된다

불안한 관람
관절 꺾이는 소리가 얼룩을 남길까
닦아도 흐릿한 날들에
구름이 지나간다

지상에 발이 닿는 순간 극은 끝난다
긴장을 닦아 낸 깨끗한 공중에서
화창한 사람들이 바삐 빠져나오고 있다

사랑스러운 피오르드

거품은 가장 요란한 소리의 끝
쏟아지는 폭포 밑엔
그 거품에 꺼질 수 있는 바닥이 있지.

나비 떼가 날아가고
폭포가 떨어진 곳은 움푹 파여 넓어졌지.
바닥을 뒤집어서 만든 허공
보글거리는 거품은 소리가 퍼진 관념들

피오르드, 솟아오르는 것을 보는 것만으로도 한 뼘 꺼
질 수 있지. 곡벽은 한없이 올라갈 수 있는 허공의 중심.
한 없이 무너질 수도 있는 균열. 그 틈에서 키가 자란 날도
깊이였다.

사실, 폭포는 떨어진 것 같지만
이륙하는 풍경이지.
화염을 일으키며 솟구치는 화산처럼
겁먹은 발을 자르고 나오는 비명은
한쪽으로 몰리는 멍

어린 피오르드, 무수한 입을 벌리고 사라진 고도의 울림을 찾아 고정된 문 앞에서 문을 두드리는 것. 때로는 방의 형태로 유빙의 환월로 낭떠러지로 움푹

한곳에 빠지지 않고도 그 공포를 짐작하는
발목을 잡을 수 있겠지만

사랑스런 피오르드, 깊은 발목을 가져서 걸어가는 만큼
허공이 생겨나고 있구나.

무거운 비

빗소리는 침묵이 베어 낸 한쪽 귀. 독백은 비바람에 찢어진 나뭇잎처럼 나풀거렸다. 눈 속에서 깊어지는 웅덩이, 흘러온 물과 흘러갈 물이 구름으로 걸려 있다. 뇌수에 내리친 천둥처럼 무거워서 거꾸로 뒤집힌 나무는 뿌리부터 드러났다. 개미가 끌고 가는 잠자리 날개는 허공인데 개미는 내가 돌아가는 모퉁이처럼 비를 몰고 왔다.

이곳이 어디인지 순간 분간하지 못하는 비는 땅을 받치는 여름의 축. 부유하던 몽돌은 물이 불어난 시간. 휘도는 결이 물의 목마름 쪽으로 걸어가려다 멈추었다. 강의 가장자리에 폭우를 재는 울림선이 출렁인다. 주머니를 하나 더 달고 흐르던 수심은 물이 물에서 투명해지는 절기

폭우를 뚫고 한자리에서 시작되었다. 그 소리에 문을 연다. 문밖의 숲이 사라진다. 안이 넓어졌다. 비는 눈물의 빛 무지개도 눈물의 빛 웅덩이에 떨어지는 가장 낮은 소리. 산산이 부서지며 중심을 찾아가는 빗방울들. 그루터기에서 움이 돋아난다. 그건 여름의 손잡이.

펭귄의 기후

검고 흰 날씨다
얼룩은 얼룩의 안과 밖을 뒤뚱기리다
허들링을 따라서 자리를 바꾼다

바다 한가운데 유빙처럼
추위로 추위를 견디는 펭귄들

결빙은 흐르는 물이 접어 둔 계절
얼고 녹는 사이 흐르는 한랭전선

지하철에 사람들이 들어선다
어깨에 부딪히며 살얼음이 깨진다
콧잔등 한기가 발에 밟힌다
터널을 지나며 얼어 버린 얼굴이 지워지다
다시 지워진 얼굴로 나타난다

남극에 사는 방법은
남극에서만 배운다
해일이 바다의 바닥을 뒤집어

지구의 온도를 조절하듯

몸을 돌려 몸에 닿으며 녹는 눈송이처럼
빽빽하게 들어차고 빠져나가는 사이
빙하기가 지나간다

나무의 잔기침, 혹은 손금 흐르는 소리

강정(시인)

밤은 낮을 '품고 있다.'
소나무 둥치 하나만 바라보아도 그 사실을 알 수 있다.
그것은 장중하고도 가벼운 시다.
바위들은 움직이고,
조약돌은 생각하고,
잎들은 과거의 기억을 지니고 있다.
── 필립 솔레르스, 김남주 옮김, 『모차르트 평전』에서

곧 매화가 핀다고 개구리가 튀어나온다고
옆집 목련이 담 너머로
헐렁한 옆구리를 긁적입니다.
소녀를 보고 있으면 소녀가 된 것 같던 눈빛
찾는 사람이 없다는 건 늙은 사람도 없다는 것입니다.
──「내일의 반경」에서

식물은 움직이지 않는다. 적어도 외관상으론 그렇다. 그
런데 일정한 시간을 두고 식물의 크기를 재 보면 분명 차

이가 있다. 자세히 보면 잎의 모양이나 색깔도 변해 있다. 그럼에도 움직임을 실제로 포착하긴 힘들다. 식물은 과연 한자리에 붙박여 있는 상태로 어떻게 크기와 모양을 변형시키는 것일까. 저속 촬영된 영상으로 식물이 변화하는 모습을 본 적 있지만, 내가 알고 싶은 건 육안으로 식물의 움직임을 어떻게 실제로 목격할 수 있느냐 하는 데 있다. 그래서 가끔 한참 동안 식물을 바라보곤 한다. 하지만 바람에 흔들리는 것 말고 별다른 움직임을 알아볼 수 없다. "사건의 모양"은 분명히 존재하는데 "목격의 입구"(「나선형 계단」)는 좀체 나타나지 않는다. 그렇게 "꽃병을 보"며 "병(炳) 안에 갇히는 기분"(「내일의 반경」)으로 존재의 밑뿌리를 향해 멀미를 앓는 일. 그 순간, "한쪽 눈동자에 잠그던 눈빛은 먼 곳이 절실하다"(「청어의 눈으로 싸리나무 꽃피고」)

지난해 봄 피었던 벚꽃나무에 올해도 꽃이 피었다 진다. 같은 나무, 같은 가지에서 핀 그 꽃은 과연 지난해 피었다 졌던 그것과 같은 것일까. 답이 요원하다. 그렇더라도 매정한 생물학적 재단으로 이 요원함을 지워 버리고 싶진 않다. 여전히 "눈빛은 먼 곳이 절실하"여 그저 좀 바보처럼 자꾸 바라보고 되묻고 싶을 뿐이다. 작곡가 존 케이지(John Cage)는 이렇게 말한 적 있다.

"가령, 나무를 관찰할 때, 우선 나뭇잎부터 보게 되고, 틀림

없이 모든 잎은 똑같은 일반적 구조를 가졌다고 본다. 그러나 좀 더 자세히 관찰하면 어떤 잎도 똑같은 두 개의 잎은 없다는 것을 알게 된다. 그렇게 되면 나는 그 차이에 주목하면서 나무를 즐겁게 감상할 수 있다. 왜냐하면 내가 보는 모든 것에는 내가 기억하지 못하는 그 무엇이 있기 때문이다."

— 리처드 코스텔라네츠, 안미자 옮김, 『케이지와의 대화』에서

"겨울을 뚫고 나온 봄"(「불통을 어루만지다」)은 "낳았으면서 또 낳고 낳는 엄마들"(「mouthbreeder」)처럼 무수히 잎을 틔우고 꽃을 피운다. "어떤 잎도 똑같은 두 개의 잎은 없다"는 사실은 "낳았으면서도 또 낳고 낳"을 수밖에 없는 모종의 숙명과도 연관돼 있을 터이다. 나무가 백 년을 산다 해도 하나의 잎이 지상에 드러나는 건 잠시뿐이다. 그런데 그 타고난 일회성을 두고 무상감만 느낄 필요는 없을 듯하다. "왜냐하면 내가 보는 모든 것에는 내가 기억하지 못하는 그 무엇"이 있을 수 있기 때문이다. 그렇다면 식물이 보이지 않게 움직이는 기본 원리엔 "내가 기억하지 못하는 그 무엇"이 작동할 거라는 가정도 타당하다. "내가 기억하지 못하는 그 무엇"은 다시, '먼 곳이 절실한 눈빛'을 떠올리게끔 한다.

몸은 보이는데 얼굴이 보이지 않을 때
문득 보이는 몸이 내 키였다는 사실 속에 갇힌다

영원히 기억되는 사람은 누구일까 보이는 사람 혹은 보이지

않는 사람 보이지 않지만 자꾸만 눈앞에 어른거리는 사람 눈

을 비비면 눈동자로 굴러다니는 사람 끝내 눈물이 되는 사람

　　　　　　　　　—「앞사람은 비키지 않는다」에서

"보이지 않지만 자꾸만 눈앞에 어른거리는 사람"은 "끝내

눈물"이 돼 버리고 만다. 보이지 않는 걸 보려고 자꾸 눈

을 비비면 당연히 눈물이 고이게 되지 않겠는가. '먼 곳이

절실한 눈빛'은 그 순간 "의표(意表)의 피사체에서 그림자

를 본으로 택"(위의 시)하게 된다. 그럴 땐 "나를 작게 만들

어 숨고 싶은 입술이 있고 나는 그 입속에 사는 주문이 되

고 싶"(「걱정인형」)어진다. 말인즉슨, "먼 곳"이 "입속"에 스미

는 것인데, 외부의 대상이 내부로 굴절되면 외부엔 그림자

만 남고 내부엔 눈 똑바로 뜨고 바라봤을 땐 보이지 않던

것들이 가득 들어찬다. 대개 슬픔이나 고통의 성분을 가

진 그것들은 슬픔과 고통으로 반죽된, 무척 생경한 풍경이

되어 외부의 상을 바꾼다. 그러면서 자꾸 쿨럭쿨럭 잔기침

을 "주문"인 양 내뱉는다. "마음은 숨길 때 아"(「월식」)픈 고

로, "한번도 본 적이 없는 울음"(「하울링」)이 속에서 터져 또

다른 외부가 되는 것이다. 그러면서 "보는 것과 보여지는 순

간들/ 그게 전부가 아니라고/ 넘겨졌던 부분에서/ 눈동자

에 허물이 벗겨지고 빛이 보이기 시작"(「무릎의 지평선」)한

다. 매 순간의 잔기침, 매 순간의 주문으로. 그것은 한 사람의 몸에서 시가 개화하는 순간이자, 잘 알고 있다고 생각한 세상이 잘 알지 못했던 생명의 계통수를 드러내는 순간인 동시에, "북극의 뿔을 잡고 노래"(「0을 굴리면」)하게 만드는, 세계의 거대한 음화 속에서 이형동질(異形同質)의 자아들과 분투하는 스스로를 햇빛 아래 타본하는 순간이기도 하다. 한 사람의 뿌리 깊은 상처 안에서 식물의 본성은 그토록 다채롭게 움직이는 동물과도 같다.

　　가축의 목을 만지면 순한 숨결이 잡힌다
　　비명은 목구멍에 걸린 검은 잎
　　살려 주세요
　　사람에게 말을 걸었는데
　　대답이 없다

　　허공은 공허한 목덜미, 우리는 약속처럼 같은 공용어를 쓰는 이웃이다 허기가 깊은 목에는 긴 숨이 붙어 있어 연민을 느끼는 동시에 찌르는 짓을 할 수 있을까

　　동네 아저씨는 어린 염소의 숨통을 단숨에 끊었고 염소의 여린 혈관이 풀잎처럼 솟구쳤다 등 뒤의 수풀을 헤치며 무엇인지도 모르는 세계는 다가올 수 있다 목에 칼을 들이대었던 기억이 가끔 떠다닐 때면 가축의 발자국이 집 안에 찍혀 있

곤 했다

—「등 뒤에서」에서

파고들수록 내가 내 발을 밟고 있다는 생각
인중으로 멀어진 계절엔 나만 거꾸로 보였다.

(……)

너무 환해서 볼 수 없는
한번 내부로 들어온 바깥은
안에서 밖을 잃어 기억에 갇힌다.

(……)

그리움을 매단 한 그루 나무가 층층마다
손가락을 펴자 쪼개진 얼굴이
또르르 굴러가면서 벌어진 틈을
메우기 시작했다.

—「손금의 판화」에서

다시, '먼 곳이 절실한 눈빛'으로 돌아와 보자. 이미 '입
속'으로 들어와 "목구멍에 걸린 검은 잎"이 되어 버린 그 눈
빛. 자꾸만 기침을 뱉게 하면서 "한번 내부로 들어"와 이제

는 "너무 환해서 볼 수 없"어진 저 "바깥"의 형태들. "기억에 갇"혀 버린 "바깥"은 그러나 완전히 사라진 게 아니다. 시선에서 가장 '먼 곳'은 지평선이나 수평선 너머도 아니고 지구 바깥을 가리키는 것도 아닐 수 있다. 기억에 갇힌 상태가 되어 버린 '먼 곳'은 바로 자기 자신일 수 있다. 거울 같은 반사체를 통하지 않고서 자기 자신을 똑바로 바라보는 사람이 존재할 수 있을까. "등 뒤의 수풀을 헤치며 무엇인지도 모를 세계"가 닥쳐올지 명증하게 예측할 수 있는 사람이 과연 얼마나 될까. "등 뒤"라는 건 현재를 감싸고 있는 모든 시간, 그러니까 매 순간 과거가 되고 미래가 되는 시간의 본질 그 자체를 뜻하는 것인지 모른다. 통념과는 다르게, 시간은 사람의 앞으로 흐르지 않는다. 왜냐하면 "앞사람"은 절대 비키지 않기 때문이다. "앞사람"은 내가 갈 길을 선점했다는 점에서 미래의 사람이지만, 나보다 먼저 앞섰다는 점에서 과거의 사람이기도 하다. 그렇기에 절대 누구와도 똑같지 않은 사람이고, 자신 역시 마찬가지다. "앞사람"은 존재하지 않는 형태로 앞길을 막는 동시에 이미 지나온 시간들을 "등 뒤"에 불러 세워 기억의 그림자들을 사람의 앞에 드리운다. "파고들수록 내가 내 발을 밟고 있다는 생각"은 미래를 과거 속에서 발견해 낸 자가 자기와는 전혀 다른 존재에게서 자기 자신을 목격하곤 놀란 눈을 뜨게 만든다. 그림자는 사실, 눈의 착각이고 빛의 장난이다. 그래서 그림자는 늘 불안을 조장한다. 그 불안의 그림자는

"빈손에 나를 안고 있다는 착각"을 유발하면서 "비집고 들어갈 몸이 없다는 기억은 몸속에서 꺼낸 주먹을 둘 데가 없다"(「벙어리장갑」)는 사실을 자각게 한다. 그 주먹 안엔 무엇이 들어 있는가. 누구에게나 있지만, 누구와도 똑같지 않은 것, 있으면서도 있는 것처럼 여겨지지 않는 그것, 바로 손금이 새겨져 있지 않겠는가.

사람의 운명을 암시하는 손금은 손아귀 안에 있지만, 완전히 예측하거나 판단할 수 없다는 점에서 사람 몸에서 가장 멀리 존재하는 무늬일 수 있다. 내 손안에 있지만, 내 것인지 알 수 없고, 무시로 변하지만, 그 변화를 일일이 측정할 수도 없다. 내 멋대로 바꾸거나 꾸며 낼 수도 없고, 다른 이의 것을 똑같이 모방할 수도 없다. 한강의 강폭과 지류를 센강의 그것으로 어찌 바꿔치기하겠는가.

아울러 그것은 무슨 나뭇가지의 형태를 연상케 한다. 그런데 거기서 피어나는 열매나 꽃이 어떤 모양인지 그것을 평생 손에 쥐고 있는 자신조차 영원히 알 수 없다. 울분이나 분노에 차 있을 때 주먹을 쥐게 되는 까닭은 그 영원히 알 수 없는 영혼의 지형을 스스로 감추고자 하는 본능 때문인지 모른다. 다 알아 버리면 분노도 울분도 공허한 자연의 명령에 불과할 것이기에. 그래서 더 울지도 분노하지도 못하는 무생물로 퇴화해 스스로의 존재 명분을 잃게 될지도 모르기에. "감정은 그림자보다 한 박자 느리"고 "귀 기울여 속삭여"(「가까운 자매」)줄 그 어떤 대상도 존재하지 않게 될 것이기에.

그렇다면 손금을 한번 유심히 들여다보자. 내 것이지만, 나와는 무관한 먼 나라의 지도 같은 그것. 손바닥에 먹물을 묻혀 백지에 찍어 내면 그것은 하얀 실선으로 드러난다. 그 모양은 무슨 뼈 조직 같기도, 어둠 곳곳에서 쪼개진 빛의 틈새 같기도 하다. 그렇게 그것은 우주를 드러내고, 사람의 현존을 암시하는, 영원히 변화하는 운명의 지도가 된다. 하지만 그것을 해석하는 일은 영원을 유한에 못 박아 이리 자르고 저리 늘리려 하는 "프로크루스테스"의 참형이나 진배없다. 그런데 시는 늘 그런 식으로 쓰여진다. 그래서 비참하고 그래서 때로 "길어진 치맛자락을 잘라 모자와 가방을 만들"(「프로크루스테스의 침대」)어 내는 서글픈 놀이가 된다. "환생을 더듬는 일엔 혼동하는 이역(異域)이 있다"(「가까운 자매」)하지 않는가. 그 "이역"은 이미 말했듯, "그리움을 매단 한 그루 나무"와도 같다. 그리고 그 나무는 외부의 객체가 아니라 스스로 꽉 쥐고 있어서 영원히 만날 수 없는 자기 자신의 이형이다. 그러니 이제 똑바로 알자. 자기 안의 나무를 전정(剪定)하고 물을 주면서 스스로 손바닥 안의 "이역"을 살피게 하는, "아름다운 이복형제를 관리하는 정원사"에 대해서.

최초의 정원사는 육종을 개량하는 이가 아니었을까

나무에도 관상이 있고 지붕의 온순한 풍습을 물려받은 가
위로부터
수형은 시작되고

(……)

동물을 흉내 내며 자꾸만 잘려 나간 나뭇가지에도 접붙인
방향이 있었던 것
뿌리를 벗어나려는 잎들 사이
정원사나 나무나 선택을 두고 미로를 겪기도 하지

높이를 단층에 맞추는 일은
흩어질 구름을 동일하게 씌워 주고 손이 흔드는 배경을 열
개로 만드는 것
한 번은 떠나고 한 번은 돌아오는 것에서
객의 수종이 완성되는지도 모르지
나뭇가지가 터무니없이 구부러지지 않은 것을 보면
오직 한 방향을 두 생각이 걸어가는 것이지요

새로운 꽃말은 두 그루에서 유래했을 거예요
피목엔 안목이
길을 잃고 정처 없이 떠돌다가 남풍을 품고 돌아올 때 비
로소 나무가 되지요

잘생긴 관상은

젊은 봄으로 되돌아가는 길을 알려 주고

고개를 끄덕이게 했기 때문이래요

한 씨앗에서 방들이 열리지요

아름다운 이복형제를 관리하는 정원사를 비로 아세요

— 「정원사를 바로 아세요」에서

한 편의 시를 보고 놀라게 되는 계기는 다양할 것이다. 놀라는 방식도 다양할 것이다. 감탄할 수도, 눈물을 흘릴 수도, 때론 화를 내면서 놀랄 수도 있을 것이다. 또는 그 모든 감정이 동시에 북받쳐 스스로 이화(異化)되는 기분에 사로잡힐 수도 있다. 아울러 '나'는 놀랐지만 '너'는 꿈쩍하지 않는 경우도 있을 수 있다. 어차피 한 편의 시에 다가가는 시선 또한 각자 자기만의 '먼 곳'을 바라보는 각도에 따라 전혀 다른 중심축을 갖게 되는 법이니까. 그러므로 누구든 모든 경우를 독단적으로 다 뭉뚱그려 말할 수는 없다. 다만, 숱한 샛길과 낭떠러지와 습지를 거쳐 마주 보게 된 단 한 그루의 나무 덕에 그 모든 지난하고 지리멸렬했던 시간들이 환하게 빛을 내는 순간이 있다고만 말하겠다.

언제나 곁에 있었지만 존재조차 의식하지 못했던 나무가 잎과 꽃들을 날개처럼 펼친 채 눈앞에 떡하니 생의 모든 형상들을 암시하는 것만 같은 순간. 그렇게 가만히 살펴보다 보니 그동안 헛발 짚고 잘못 보고 엉뚱하게 들었던 말들이 고스란히 원래 형태와 음조를 정비하면서 고요히 귓바퀴에 걸리는 듯한 순간. 오류라 믿었던 것이 정식이었고, 논리라 여겼던 게 성마른 감정의 우격다짐에 불과했다는 사실을 거울에 이마를 부딪치듯 깨닫게 되는 순간. 그 순간, 나무는 "잘생긴 관상"을 드러내면서 "젊은 봄에게 되돌아가는 길을 알려 주고" 매사 난분분했던 그림자들의 영묘한 윤곽들을 향해 "고개를 끄덕이게" 만들어 준다. 실상, 삶의 모든 상처와 환희 따위는 스스로 키울 수도 분지를 수도 없는 어느 큰 나무의 자그마한 가지였던바, 나를 힘들게 했다고 해서 내 것 아닌 게 아니고, 나를 기쁘게 했다고 해서 온전히 내 것만은 아니었던 것이다. "병에 물을 갈아 주듯 반경을 갈아"(「내일의 반경」) 주면 자신도 모르는 새 어느덧 가지의 방향이 바뀌고 또 그만큼 손금의 굵기와 이음새도 달라진다. "오직 한 방향"을 걸어가는 "두 생각"은 그러므로 모든 방향으로 뻗쳐 가는 단 하나의 생각일 수 있다. "한 씨앗"에서 열린 "방"들이 동시에 열리듯, 한 뿌리에서 뻗어 나간 손안의 금들이 각기 다른 방향의 삶으로 휘돌아 나갔다가 다시 뿌리로 모인다. 그러고 보니 두세 개의 가로줄로 나뉜 손목과 손의 결절 지점이 왠지 우주의 근원 같다. 그 수평의 단층 위에 장갑을 갈아 끼듯 보이지 않으나 여전히 자라고 있는 나무를 끼워 본다. 손아귀에 들리지 않으나 영원히 울리고 있는 무슨 교향악을 움켜쥔 느낌. 미래를 내다보건 과거를 돌이키건 절대 비키지 않을 "앞사람"이 잠깐 고개를 돌려 이편을 본다. 알고 보니 "아름다운 이복형제"고 다시 고개를 돌리고 보니 여전히 알 수 없는, "바닥을 뒤집어서 만든 허공"(「사랑스러운 피오르드」)에 불과하다. 나의 '안팎'이란 이토록 한통속이고 또 이토록 극명하게 피차 "보이지 않는 사람"이다. "닦아도 흐릿한 날들에/ 구름"(「공중극」)만 극명하거늘, 그 느릿한 운동성이 또 명백하게 생명의 시간이고 죽음의 울타리다. 교향악이 손목 부위에서 균열한다. 그걸 사계(四季)의 필연적 진동이라는 사실을 일깨우는 시집을 나는 방금 완독한 것이다.

각자의 씨방을 열어 구름과 강을 흘려보내고 종국엔 한 우람하고 부드러운 나무 앞에서 돌아온 길들을 다시 되짚게 하는 언어들. 어디서 수맥 흐르는 소리를 퍼다 글로 옮겨 놓았나 보다. 그 안에서 나도 한 그루 나무가 된다. "먼 곳을 끌어당긴 근처에서 꽃이"(「내일의 반경」)피누나.

지은이   정지우

1970년 전남 구례 출생. 2013년 《문학일보》 신춘문예로 등단했다.
'낯선' 동인으로 활동 중이다.

정원사를 바로 아세요

1판 1쇄 찍음 2018년 4월 6일
1판 1쇄 펴냄 2018년 4월 13일

지은이 정지우
발행인 박근섭, 박상준
펴낸곳 ㈜민음사

출판등록 1966. 5.19. (제16-490호)
서울특별시 강남구 도산대로1길 62(신사동)
강남출판문화센터 5층 (06027)
대표전화 515-2000 / 팩시밀리 515-2007
www.minumsa.com

ISBN 978-89-374-0866-3 04810
    978-89-374-0802-1 (세트)

민음의 시 목록

001 전원시편 고은

002 멀리 뛰기 신진

003 춤꾼 이야기 이윤택

004 토마토 씨앗을 심은 후부터 백미혜

005 징조 안수환

006 반성 김영승

007 햄버거에 대한 명상 장정일

008 진흙소를 타고 최승호

009 보이지 않는 것의 그림자 박이문

010 강 구광본

011 아내의 잠 박경석

012 새벽편지 정호승

013 매장시편 임동확

014 새를 기다리며 김수복

015 내 젖은 구두 벗어 해에게 보여줄 때
      이문재

016 길 안에서의 택시잡기 장정일

017 우수의 이불을 덮고 이기철

018 느리고 무겁게 그리고 우울하게 김영태

019 아침책상 최동호

020 안개와 불 하재봉

021 누가 두꺼비집을 내려놨나 장경린

022 흙은 사각형의 기억을 갖고 있다 송찬호

023 물 위를 걷는 자, 물 밑을 걷는 자 주창윤

024 땅의 뿌리 그 깊은 속 배진성

025 잘 가라 내 청춘 이상희

026 장마는 아이들을 눈뜨게 하고 정화진

027 불란서 영화처럼 전연옥

028 얼굴 없는 사람과의 약속 정한용

029 깊은 곳에 그물을 남진우

030 지금 남은 자들의 골짜기엔 고진하

031 살아 있는 날들의 비망록 임동확

032 검은 소에 관한 기억 채성병

033 산정묘지 조정권

034 신은 망했다 이갑수

035 꽃은 푸른 빛을 피하고 박재삼

036 침엽수림에서 엄원태

037 숨은 사내 박기영

038 땅은 주검을 호락호락 받아 주지 않는다 조은

039	낯선 길에 묻다 성석제	078	그가 내 얼굴을 만지네 송재학
040	404호 김혜수	079	검은 암소의 천국 성석제
041	이 강산 녹음 방초 박종해	080	그곳이 멀지 않다 나희덕
042	뿔 문인수	081	고요한 입술 송종규
043	두 힘이 숲을 설레게 한다 손진은	082	오래 비어 있는 길 전동균
044	황금 연못 장옥관	083	미리 이별을 노래하다 차창룡
045	밤에 용서라는 말을 들었다 이진명	084	불안하다, 서 있는 것들 박용재
046	홀로 등불을 상처 위에 켜다 윤후명	085	성찰 전대호
047	고래는 명상가 김영태	086	삼류 극장에서의 한때 배용제
048	당나귀의 꿈 권대웅	087	정동진역 김영남
049	까마귀 김재석	088	벼락무늬 이상희
050	늙은 퇴폐 이승욱	089	오전 10시에 배달되는 햇살 원희석
051	색동 단풍숲을 노래하라 김영무	090	나만의 것 정은숙
052	산책시편 이문재	091	그로테스크 최승호
053	입국 사이토우 마리코	092	나나 이야기 정한용
054	저녁의 첼로 최계선	093	지금 어디에 계십니까 백주은
055	6은 나무 7은 돌고래 박상순	094	지도에 없는 섬 하나를 안다 임영조
056	세상의 모든 저녁 유하	095	말라죽은 앵두나무 아래 잠자는 저 여자
057	산화가 노혜봉		김언희
058	여우를 살리기 위해 이학성	096	흰 책 정끝별
059	현대적 이갑수	097	늦게 온 소포 고두현
060	황천반점 윤제림	098	내가 만난 사람은 모두 아름다웠다
061	몸나무의 추억 박진형		이기철
062	푸른 비상구 이희중	099	빗자루를 타고 달리는 웃음 김승희
063	님시편 하종오	100	얼음수도원 고진하
064	비밀을 사랑한 이유 정은숙	101	그날 말이 돌아오지 않는다 김경후
065	고요한 동백을 품은 바다가 있다 정화진	102	오라, 거짓 사랑아 문정희
066	내 귓속의 장대나무 숲 최정례	103	붉은 담장의 커브 이수명
067	바퀴소리를 듣는다 장옥관	104	내 청춘의 격렬비열도엔 아직도
068	참 이상한 상형문자 이승욱		음악 같은 눈이 내리지 박정대
069	열하를 향하여 이기철	105	제비꽃 여인숙 이정록
070	발전소 하재봉	106	아담, 다른 얼굴 조원규
071	화염길 박찬	107	노을의 집 배문성
072	딱따구리는 어디에 숨어 있는가 최동호	108	공놀이하는 달마 최동호
073	서랍 속의 여자 박지영	109	인생 이승훈
074	가끔 증세를 꿈꾼다 전대호	110	내 졸음에도 사랑은 떠도느냐 정철훈
075	로큰롤 해본 김태형	111	내 잠 속의 모래산 이장욱
076	에로스의 반지 백미혜	112	별의 집 백미혜
077	남자를 위하여 문정희	113	나는 푸른 트럭을 탔다 박찬일

114	사람은 사랑한 만큼 산다 박용재	153	아주 붉은 현기증 천수호
115	사랑은 야채 같은 것 성미정	154	침대를 타고 달렸어 신현림
116	어머니가 촛불로 밥을 지으신다 정재학	155	소설을 쓰자 김언
117	나는 걷는다 물먹은 대지 위를 원재길	156	달의 아가미 김두안
118	질 나쁜 연애 문혜진	157	우주전쟁 중에 첫사랑 서동욱
119	양귀비꽃 머리에 꽂고 문정희	158	시소의 감정 김지녀
120	해질녘에 아픈 사람 신현림	159	오페리 미용실 윤식정
121	Love Adagio 박상순	160	시차의 눈을 달랜다 김경주
122	오래 말하는 사이 신달자	161	몽해항로 장석주
123	하늘이 담긴 손 김영래	162	은하가 은하를 관통하는 밤 강기원
124	가장 따뜻한 책 이기철	163	마계 윤의섭
125	뜻밖의 대답 김언희	164	벼랑 위의 사랑 차창룡
126	삼천갑자 복사빛 정끝별	165	언니에게 이영주
127	나는 정말 아주 다르다 이만식	166	소년 파르티잔 행동 지침 서효인
128	시간의 쪽배 오세영	167	조용한 회화 가족 No. 1 조민
129	간결한 배치 신해욱	168	다산의 처녀 문정희
130	수탉 고진하	169	타인의 의미 김행숙
131	빛들의 피곤이 밤을 끌어당긴다 김소연	170	귀 없는 토끼에 관한 소수 의견 김성대
132	칸트의 동물원 이근화	171	고요로의 초대 조정권
133	아침 산책 박이문	172	애초의 당신 김요일
134	인디오 여인 곽효환	173	가벼운 마음의 소유자들 유형진
135	모자나무 박찬일	174	종이 신달자
136	녹슨 방 송종규	175	명왕성 되다 이재훈
137	바다로 가득 찬 책 강기원	176	유령들 정한용
138	아버지의 도장 김재혁	177	파묻힌 얼굴 오정국
139	4월아, 미안하다 심언주	178	키키 김산
140	공중 묘지 성윤석	179	백 년 동안의 세계대전 서효인
141	그 얼굴에 입술을 대다 권혁웅	180	나무, 나의 모국어 이기철
142	열애 신달자	181	밤의 분명한 사실들 진수미
143	길에서 만난 나무늘보 김민	182	사과 사이사이 새 최문자
144	검은 표범 여인 문혜진	183	애인 이응준
145	여왕코끼리의 힘 조명	184	얘들아, 모든 이름을 사랑해 김경인
146	광대 소녀의 거꾸로 도는 지구 정재학	185	마른하늘에서 치는 박수 소리 오세영
147	슬픈 갈릴레이의 마을 정채원	186	ㄹ 성기완
148	습관성 겨울 장승리	187	모조 숲 이민하
149	나쁜 소년이 서 있다 허연	188	침묵의 푸른 이랑 이태수
150	앨리스네 집 황성희	189	구관조 씻기기 황인찬
151	스윙 여태천	190	구두코 조혜은
152	호텔 타셀의 돼지들 오은	191	저렇게 오렌지는 익어 가고 여태천

192 이 집에서 슬픔은 안 된다 김상혁

193 입술의 문자 한세정

194 박카스 만세 박강

195 나는 나와 어울리지 않는다 박판식

196 딴생각 김재혁

197 4를 지키려는 노력 황성희

198 .zip 송기영

199 절반의 침묵 박은율

200 양파 공동체 손미

201 온몸으로 밀고 나가는 것이다
      서동욱·김행숙 엮음

202 암흑향 暗黑鄕 조연호

203 샬 흐르다 신달자

204 6 성동혁

205 웅 문정희

206 모스크바예술극장의 기립 박수 기혁

207 기차는 꽃그늘에 주저앉아 김명인

208 백 리를 기다리는 말 박해람

209 묵시록 윤의섭

210 비는 염소를 몰고 올 수 있을까 심언주

211 힐베르트 고양이 제로 함기석

212 결코 안녕인 세계 주영중

213 공중을 들어 올리는 하나의 방식 송종규

214 희지의 세계 황인찬

215 달의 뒷면을 보다 고두현

216 온갖 것들의 낮 유계영

217 지중해의 피 강기원

218 일요일과 나쁜 날씨 장석주

219 세상의 모든 최대화 황유원

220 몇 명의 내가 있는 액자 하나 여정

221 어느 누구의 모든 동생 서윤후

222 백치의 산수 강정

223 곡면의 힘 서동욱

224 나의 다른 이름들 조용미

225 벌레 신화 이재훈

226 빛이 아닌 결론을 찢는 안미린

227 북촌 신달자

228 감은 눈이 내 얼굴을 안태운

229 눈먼 자의 동쪽 오정국

230 혜성의 냄새 문혜진

231 파도의 새로운 양상 김미령

232 흰 글씨로 쓰는 것 김준현

233 내가 훔친 기적 강지혜

234 흰 꽃 만지는 시간 이기철

235 북양항로 오세영

236 구멍만 남은 도넛 조민

237 반지하 앨리스 신현림

238 나는 벽에 붙어 잤다 최지인

239 표류하는 흑발 김이듬

240 탐험과 소년과 계절의 서 안웅선

241 소리 책력冊曆 김정환

242 책기둥 문보영

243 황홀 허형만

244 조이와의 키스 배수연

245 작가의 사랑 문정희